And Time Stood Still

とどまるとき

丘の上のアイルランド

アリス・テイラー

高橋歩 訳

未知谷

Publisher Michitani

序章

悲しみという残酷な感情に対して、心の準備をすることはできません。愛する人の死は、心の奥深い部分を揺るがし、私たちを悲しみの旅路へ――傷つき、打ちのめされ、覚悟していないまま――放り出します。時が止まったように思えます。「死」という言葉を口にするだけで、心の中で寒気が走ります。切り立った崖に背を向けて近づいていくように、私たちはその言葉に気づかないふりをし、あえて使わないようにしています。けれども、どんな言葉で言い表そうとも、愛する人が崖の向こう側へ行ってしまえば、私たちは無理やりそちら側を向かされ、死と正面から向き合うことになるのです。すると、まるで死者を包む衣のように、苦痛が私たちをすっぽり包み込みます。耐えがたい苦しみが私たちを捕え、暗黒の空間へ引きずり込むのです。

自分の人生の大切な一部である人が亡くなると、身体の一部を失ったように感じます。死は愛する人を連れ去ると同時に、あなたの一部をもぎ取って行きます。大切な足を失ったあなたには、どくどくと血が流れ出る、生々しい傷口が残ります。死の悲しみとは、精神的なものであると同時に肉体的なものでもあるのです。食べ物が喉を通らなくなり、眠ることもできません。活力がなくなり、物事にうまく対処できなくなります。些細なことも判断できなくなり、すぐに我慢の限界がくるようになります。

悲しみの旅路を歩むあなたは、孤独にさいなまれます。荒れ果てた旅路を進む心の準備をすることはできません。平気な顔で過ごしているようでも、心の中はひどく傷ついています。世界が急に苦痛の道へと変わってしまい、同じ場所をぐるぐる回っているように感じます。深い悲しみという、塀のない監獄に囚われてしまうのです。

やっかいなことに、あなたは故人のことを毎日考えます。周りのいたるところに、その人の存在を感じるからです。そんなはずはないと思うかもしれませんが、あなたは二つの世界——「その前」と「その後」の世界を——同時に生きているのです。二つの世界は決して溶け合うことがありません。足元の地面には深い亀裂が走り、あなたの頭は混乱します。

道理と悲しみはうまくなじみません。悲しみとはむき出しの感情であり、その中に道理が生まれることはないのです。愛する人が亡くなると、それまで存在していることすら気づかなかった感情のるつぼから、深い眠りについていた感情が流れ出てきます——解き放たれた感情の流れは、あらゆる防壁を破壊し押し流し、轟音を立てて進み、私たちの心をかき乱すのです。

朝目覚めるときが、一日のうちでいちばんつらい瞬間です。現実が見えてくるまでのほんの一瞬、悪夢は遠のいていています。でもすぐに現実が容赦なく襲ってくるのです。逃れる手立てはありません――なんとか乗り切らなければならない一日が、また始まるのです！

凄まじい悲しみから立ち直った人々を見ると、不思議に感じるかもしれません――どうやって立ち直ったの？　私は、友人にそう尋ねたことがあります。友人は悲しげに言いました。

「そうするしかないでしょ。みんなが悲しみから立ち直らなければ、世界が回らなくなるもの」そう聞いても、悲しみに沈むあなたの世界は、じっと静止したままです。

祈りを捧げて気が紛れることもありますが、いつも効果があるとは限りません。愛する人は、生と死の境を越えた向こうへ行ってしまい、祈りの言葉も向こう側へ消えてしまいます。天国はしんと静まり返り、神も何も答えてはくれないのです。

悲しくていてもたってもいられなくなると、私は自然に目を向けます。獰猛な嵐が吹き荒れる闇夜に、木の根の深い部分は地中にしっかりとしがみついているのです。同じように、私たちが死の悲しみという嵐の中でもがいているとき、心の中に驚くべき忍耐力があることに気づきます。もだえ苦しむうちに、小さなきっかけが見えてくるのです。それは、周りの人々から親切にしてもらったり、自然に触れることで見えてきたりします。またあるいは、自分の中にある創造の泉から湧き出してくることもあれば、人の理解を超えた存在によってもたらされることもあります。

心の中にどっかりと居坐る、凍りついた悲しみのしこりを和らげるのには、泣くことも役に立ちます。そのうち安らぎが芽生え、頼りなげに花を咲かせ始めます。そして、希望という繊細な新芽が見え隠れしはじめるのです。すると、時がまた動き出します。最初は、ゆっくりと。東洋のある賢人はこう言っています。「希望とは、道なき片田舎にできた道のようなもの――たくさんの人がそこを歩けば、立派な道ができあがる」

とどまるとき　目次

頼もしい人々

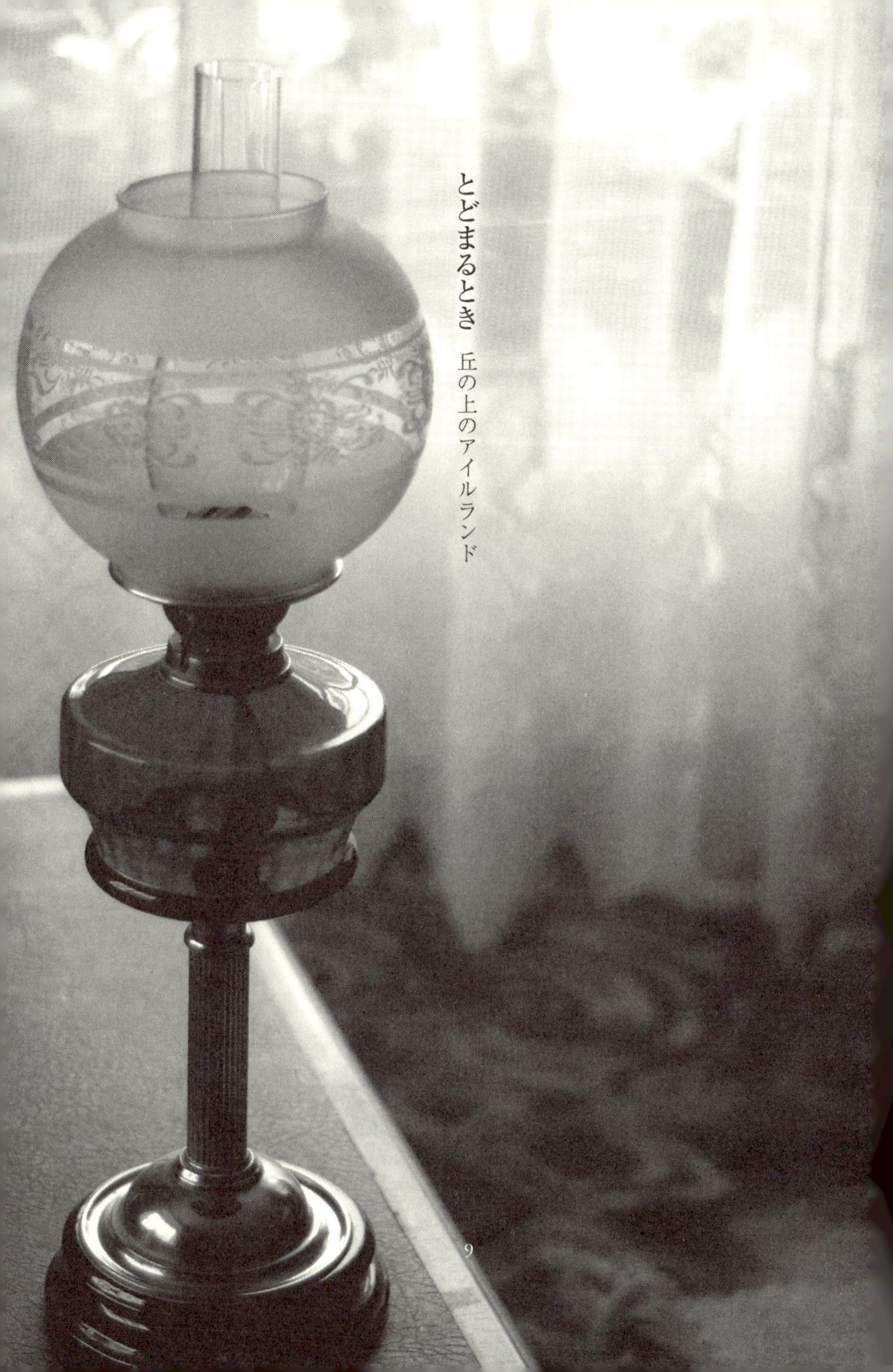

とどまるとき　丘の上のアイルランド

Copyright © Alice Taylor 2012
Original title: And Time Stood Still
First published by The O'Brien Press Ltd., Dublin, Ireland, 2012
Published in agreement with The O'Brien Press Ltd., Dublin

photographs : Emma Byrne; with thanks to Laura Feeney for plough p8; Mogue Curtis for collar and hames p48 and harness bridle p130; Mogue and Brigid Byrne for seat p39.

through Tuttle-Mori Agency, Inc., Tokyo

子どもの頃

第一章　弟（コニー）

「ね、オークションで何を買ったの？」わくわくしながら私は尋ねました。

「アンティークのベッドよ。奥の部屋にあるわ。見てきたら」姉が答えます。

期待に胸をふくらませ、私は奥の部屋へと廊下を急ぎました。競り落としたベッドが見たくてたまりません。ところが、寝室のドアを開けたとたん、はっと立ち尽くしてしまったのです。硫黄のにおいが部屋中に広がっていました。姉のアンティークベッドは、長い旅路の間にいつのまにか硫黄ろうそくのにおいを吸収していたのです。室内に満ちあふれたにおいが、私の鼻孔を刺激します。ふいに、ひんやりした一本の記憶の糸が、心の奥でうごめきました。他の記憶の糸も次々に目を覚まし、死者を包む衣を織り上げると、私の体をすっぽり包み込み、引きずり込んだのです。私は、遠い昔の記憶の中へ引き戻されました。

私は六歳でした。昔住んでいた古い田舎家の、階段の上の薄暗い場所にいます。寝室の白いドアの前で、入るのをためらっているのです。頭上の細長い天窓から集まった光が、古びた真鍮のドアノブに落ちています。少しへこんだそのノブを回してドアを開けたい気持ちもあり、開けるのが怖くもありました。木製のベッドの上で丸く小さくなり、静かに息をしていた弟はもういないのだと、心のある部分ではわかっていました。だけど、ひょっとしたら戻っているかもしれないのです！　何も起こらなかったのではないか、ドアを開けるまではいつもそう考えることができました。私の単なる想像にすぎないのでは？　本当は、起こっていないのでは？　でもドアを開けてしまうと、永遠の旅に出た弟はもう二度と戻らない、そう思い知らされるのでした。

私は、カタカタ音を立てる真鍮のノブをついに回しました。ドアがギギーっと抗議の声を上げます。そろりとほんの少しだけ開け、狭い隙間から中をのぞき込みます。部屋の中は真っ暗でした。ひとつしかない小さな窓には紺色のブラインドがつけられていて、それが下ろされているのです。大きな古い木製のベッドが部屋の大部分を陣取っていて、ワイヤーがむき出しの土台の上に馬巣織のマットレスと羽毛の掛布団が畳んで置いてあります。心地よい眠りを約束するシーツや毛布はすべてなくなっていました。引きはがされ、消毒液を入れた桶の中できれいに洗われ、家の裏手の木立にある物干し場に、何日もの間つるされていました。

窓辺にある籐製の小さなテーブルの上に白い燭台があり、そこに火のついた黄色い硫黄ろうそくが立っています。ろうそくの炎は灰色の煙でふちどられ、流れ出たろうが集まって熱い塊をつくり、小さな黄色い流れとなって脇をつたって落ちていきます。ろうそくのつんとする不快なにおいが、壁の格子に沿って這い上がり、木材がむき出しの低い天井を横切ってドアのへりまでただよい、降りて来て私の鼻孔を刺激しました。両親の寝室に置いた鉄製の子ども用ベッドから弟が移ってきて以来、私たちは寝室をふたりで使っていました。その部屋に硫黄ろうそくがある理由はただひとつ。弟が亡くなった後の部屋を消毒するためでした。そのにおいが、弟が亡くなったことを告げていました。弟は逝ってしまい、この嫌なにおいが残ったのです。

私は、においで催眠術にかかったようになりました。ぞっとするにおいを不快に思う反面、思わず引き込まれてしまうのです。毎日部屋をのぞく私に、ろうそくのにおいが同じことを告げます。においは私の鼻から身体の中に入り込み、記憶の小箱にたどりつきます。そして、弟が亡くなったことを思い出させるのです。あの日、姉の寝室にあった硫黄ろうそくのにおいが、子ども時代の心の傷を閉じ込めていた封印を溶かし、忘れていた記憶が目覚め、らせんを描くように湧きあがったのです。私は当時へと投げ出されました。

私のいちばん古い記憶では、昔のわが家の戸口にあった坐り心地のよい敷石に私が腰かけていて、コニーは庭の大きなシュロの木の下で乳母車の中にいます。この古いシュロの木は庭に高くそびえ立ち、枝は窓ガラスをこすり、奥の部屋にまで揺らめく影を映していました。

七人きょうだいのうち、コニーと私がいちばん下だったので、みんな学校へ行ってしまうと、私たちはふたりで好きなように遊んでいました。農場の敷地が私たちの遊び場でした。アヒルとガチョウのひなに私たちが餌をやるのを、ガチョウ父さんは気に入らないようで、いつも油断のない目つきで見張っています。雌鶏に餌をやるのはとても刺激的でした。というのも、朝食にあずかろうと他の鳥たちが飛び集まって来るからです。そのあとの仕事は、鶏小屋に卵を見に行き、産みたてがあると取りに行くよう母に知らせることでした。そうしてから、グレイハウンドの母犬レディを綱から放します。新鮮な卵に目がないので、集めてしまうまではつなぎとめておかなければならないのです――他の犬や猫はそんなに面倒がかからないので、庭や農場の敷地内を自由に歩き回っていました。乳搾りの時間に、古いミルク缶のさびたふたで猫に餌をやるのも私たちの仕事です。子牛にミルクをやるのも手伝いました。子牛たちがミルクのバケツに突進してくるときは、十分離れて立たなくてはなりません。嬉しくて興奮した子牛たちがバケツを急に突き出すことがあり、立つ位置が悪いと足に怪我をしてしまうからです。

子牛のリッチーはコニーと私のペットで、一頭だけ特別扱いしていました。小さな体で弱々しくても、大きな牛の群れの中で自分の権利を守ろうと必死になっている姿に親近感を覚えたのです。サムと名づけた羊の赤ちゃんもいました。外の牧場ではなかなか大きくならなかったので、台所のかまどの脇に置いたバターの木箱の中で育てました。哺乳瓶でミルクを飲ませるとすくすく大きくなり、まもなくこの小さなねぐらに入らなくなりました。すると父が、他の羊の中に戻さなければならないと言いました。コニーと私は反対でした。きゃしゃでかわいらしいサムに哺乳瓶でミルクを飲ませるのが楽しかったのです。ところがある朝、サムが哺乳瓶の乳首をひったくり、ミルクが瓶から滝のように流れ出したので、なるほどサムはもう外に出す方がいいのだと、とうとう私たちも納得しました。

わが家の裏手にある丘の上に住むビルおじさんの家へ、コニーと私はよく遊びに行きました。高いシダが茂る急な坂道を登り、途中で小さな平らな石に腰をかけて休憩します。石の腰掛けは、ビルおじさんが自分用にこしらえたもので、丘のふもとの井戸から水を汲んで登るとき、腰掛けてひと息いれるのでした。丘のてっぺんまで来ると、私たちはいつも、牛が体を掻けるように父が据え付けたポールの近くに腰を下ろします。ビルおじさんは、すぐ向こうの溝を超えたところで私たちを待っていてくれるのでした。

父は農場の仕事でいつも忙しくしていましたが、同じように農場を持つビルおじさんには、私たちと遊ぶ時間がたっぷりあるようでした。ロバに乗せてくれたり、物語を聞かせてくれたりするのです。私たちはおじさんが大好きでした。おじさんの家から帰る途中、牧場をあちこちぶらつき、何時間もどこかへ消えていることもありました――というのも、危険なものといえば、あのガチョウ父さんと近所の雄牛だけでしたから。

けれども、行方をくらまして大騒ぎになったことが一度だけあります。どしゃぶりの冬の朝、コニーがいなくなったのです。農場の奥を流れる小川が激流となって前庭にあふれ、裏庭にも流れ込んでいました。どこを探してもコニーは見つからず、濁流に落ちたのではと、みんな震え上がりました。水の中を隅々まで探して、その危険はなさそうだとわかりましたが、可能性がないわけではありません。家の中も農場の敷地内もくまなく探しましたがどこにもいないのです。しばらくして私は、干し草小屋へ牧羊犬の様子を見に行きました。ぎゅっと抱きしめたいくらいかわいい子犬が数匹、前の週に産まれていたのです。そこにはなんと、新米ママと一緒に丸まってぐっすり眠るコニーがいました。覆いかぶさる子犬たちと、ほとんど見分けがつかないほどでした。また別の折には、疲れて横になるといつでもどこでも寝てしまうコニーの特技が、父に心臓発作を起こさせるところでした。ジェリーとパディーの二頭の馬に刈り取り機を引かせ、父はトウモロコシを収穫していました。そのとき馬たちが急に歩みを止め、驚いて鼻を鳴らしたのです。原因を知ろうとして刈り取り機から降りた父は、トウモロコシ畑の中で眠りこけるコニーを発見しました。コニーがそこにいると馬たちが父に警告してくれなければ、恐ろしい結果になっていたでしょう。

夏になるとコニーと私は家の裏手の木立で、想像の世界を作り上げて遊びました。長年積もった落ち葉や松の葉でふかふかした木の下の地面で、空想ゲームをしました。幹に大きなうろのある古い木が一本ありました。そこが私たちの木の家で、その中に坐り、へんてこな場所へあちこち出かける旅行ごっこをして楽しみました。その木はてっぺんが見えなくて、上へ上へと伸びていたので天国に届いていると思っていました。その頃は、天国は存在すると信じていましたから。そこには神と天使がいるのです――それに前の年に死んだうちの猫も。この世を去ったものはすべて天国に行き着くと信じ、疑ったことはありませんでした。いつかはみんなが行くことになる、素晴らしい場所なのです。行きたくない人などいるでしょうか？

夜は大きなベッドでコニーと一緒に眠りました。旧式の木製の土台に飾り板のついた、腰の高いベッドです。ふかふかの布団には、クリスマスにむしったガチョウのやわらかい羽毛が何年分も詰められていました。このベッドは暖かいだけでなく、楽しみももたらしてくれました――木でできた頭の飾り板によじ登って、気持ちよくふくらんだ布団めがけて飛び込むのです。ベッドの中に地下道やトンネルを掘ったり、他にも無限の可能性がありました。眠くないのに早くベッドに入れられると、ベッドを遊び場に変え、架空の友達や動物を登場させます。頭の飾り板をひっかいていたずら描きをしても、塗装がいたむと母に注意されたことはありませんでした。当時は戦時中で、贅沢品などなかったので、抱いて眠る人形もテディベアもありません。でも、アイルランドのどの家庭にも像があったので、工夫するのが得意な母が、人形の代わりに二つの小さな像を与えてくれました。ひとつは聖テレサで、もうひとつは赤ん坊のイエス・キリストです。そんなわけで私たちは、みすぼらしいけれど大のお気に入りの小像を抱きしめ、毎晩ベッドへ向かうのでした。

私が六歳のクリスマスの朝、目を覚まして足を動かすと、何かがカタッと音をたててベッドの後ろに当たりました。それは、顔が固い陶器でできた人形で、私たちはケイティ・マリアと名づけました。この子が、私が初めてもらった人形です。コニーは布製の小さな男の子の人形をもらい、その子をパッツィと命名しました。新しい友達のケイティ・マリアとパッツィと一緒に、私たちは何時間も楽しく過ごすようになりましたが、古くからのなじみのふたりをお払い箱にはしませんでした。二つの像はベッド脇のテーブルに立ち、私たちを見守っていました。

ふたたび夏が巡り、私たちは木立の木の家で過ごすようになりました。子どものおとぎの国に生きていた私たちに、厳しい現実が意地悪な顔を見せることは、まだありませんでした。ところがあるとき突然、氷のように冷たい一陣の風が吹き込みました。コニーが重い病気にかかったのです。コニーは私の日常生活の一部で、子どもらしい秘密の世界を二人で分かち合っていました。そのコニーが笑わなくなってしまったのです。羽毛のベッドの真ん中で小鳥のようにじっと静かに横たわったままです。私は床に坐り、ケイティ・マリアとパッツィと遊び続けました。コニーに口をきいてもらいたいのに、まるであの二つの像のようにじっとだまり、話すことができません。私はコニーにささやきました。たとえ返事ができなくても、私がそばにいることはまだどうにかわかってくれると思ったのです。母が来て、私を部屋から連れ出そうとするので、そこにいてはいけないとはわかっていました。それでも、母が背を向けたとたんにこっそり部屋へ戻り、ベッドの下に隠れていることもありました。医師がコニーの診察に毎日やって来ます。ある日、医師と母がコニーの病状について相談していました。窓ガラスに映る二人の姿を、私はベッドの下から見ていました。母の顔には落ち着きも穏やかさもなく、もはやいつもの母ではありません。医師が帰った後、母は、病気を治すのにコニーは入院しなければならない、と話しました。打ちのめされた母の表情を見ていると、コニーは二度と帰って来ないのではと思えてきます。コニーが病気にかかってから、私の周りには、何か恐ろしいことが起きそうだという得体の知れない不安が立ち込めていました。それが今、確かなものとなり心の中に不気味な塊ができあがったのです。私は木立へ行き、木の家の中に坐りました。

しばらくすると、庭に黒塗りの車が入ってきました。母がコニーを抱いて家から出てくるのを、私は木の間からじっと見ていました。コニーは白い毛布に包まれていましたが、母の顔はその毛布よりずっと白くなっていました。

私は一日中木立にいました。そうしているとコニーのそばにいるような気がしたのです。涙は出ませんでした。泣くのは、指先を切ったときにすることです――この悲しみは涙さえ出ないものでした。とうとう夕闇が迫り、誰かが松の葉をざくざく踏みならして近づいて来るのが聞こえました。ビルおじさんでした。体の大きなおじさんは木の家の中に入ることができないので、外に腰掛けました。何も言わずに涙で頬をぬらしています。私は穴からはい出すとおじさんのひざに乗り、両腕をおじさんの首に回しました。そうやってしっかりと抱き合い、ビルおじさんと私は胸もはりさけんばかりの悲しみに耐えていました。私は黙ったままでしたが、コニーと私のかけがえのない友人は、こみ上げてくる悲痛の涙に体を震わせていました。

それから数日の間、父はクリーム加工所へ行っては、病院に電話をし、コニーの病状を聞きました。病院はコークにあり、当時コークは遠く離れた土地だったのです。その頃は、親が子どもに付き添って病院に泊まることは許されていませんでした。母はせつなかったに違いありません。毎朝、母は戸口に立ち、クリーム加工所から帰ってくる父から、病状の知らせが届くのを待っていました。良い知らせが届くことはありませんでした。ある朝、みんなが母を囲んで待っていると、父がゆっくりとわが家の敷地に現れました。いつもにも増して蒼ざめた顔で声を詰まらせています。「もう、おしまいだ」

それ以上、悲しくなることはありませんでした。だって、もうそうなっていたようなものだったのです。むしろ気持ちが楽になりました。コニーは病院を出て天国へ行ったのだから、私の所へ帰ってくると思ったのです。コニーが来ているかもしれないと思い、毎日木の家をのぞきます。来ていないとわかると、帰ってくるのはきっと寝室だと考えました。すっかり片づけられた私たちの小さな部屋では、ベッド脇のテーブルで硫黄ろうそくがちらちらと炎を揺らし、パチパチ音をたてていました。

ろうでできたピンク色のバラの中に聖テレサの肖像をしつらえた飾りもテーブルに置かれ

ていました。母が病院の修道女たちからもらったものでした。私はそのピンクのバラが大嫌いでした。コニーは天に召され、その代わりに神がこのつまらないバラをよこされた。どういうわけか、そう思い込んでいたのです。ある日、コニーが来ていないかと部屋をのぞいたとき、もう我慢ができなくなりました。バラを手に取ると、私は花びらを一枚、また一枚とむしり取りました。母にはこの飾りが心の慰めでした。それなのになぜ引きちぎってしまったのか、私にはどうにも説明できませんでした。世界は恐ろしいものに変わってしまいました。もう、道理にかなう行為など何もないのです。

コニーが永遠にいなくなったという現実は、私にはとうてい理解できないことでした。その後も、お菓子をもらうとコニーのために取っておき、母がお墓参りに行くと言えば二階へ駆け上がり、コニーに渡すためのお菓子を――そしてパッツィも――取りに行きます。コニーの死を事実として理解したという記憶は、私にはありません。

あのとき、長い年月を経て、硫黄ろうそくのにおいがしみついたアンティークのベッドが置かれたあの部屋で、傷ついた心の封印がようやく溶け始めたのです。その頃の私には、コニーが亡くなったときの私よりずっと年上の子どもたちがいました。帰宅したその夜遅く、コニーの死の記憶が蘇りました。まるでにおいという鍵が、しっかり閉じた記憶の箱を開いたようです。ベッドの隅に腰掛けた私の頬を涙がとめどなく流れていきます。私は長い詩を書きました。そうすることで、長年の間先送りにしてきた悲しみの旅がようやく完結しようとしていました。閉じ込めていた涙が、あふれ出るときが来たのです。

嗅覚は、五感のうちでも記憶を最も刺激します。においは、記憶の薄い膜に沿って煙のように密やかに漂い、記憶の源へ到達します。そこで発火し、その炎が時間という障壁を溶かすのです。すると、過去と現在が溶け合い、私たちは記憶のいちばん深い部分へとさかのぼります。六歳の私は、死別の苦しみに耐えることができず、私を守るために自然が介入していたのです。

自然がどのようにショックに対処しているか観察すると、人間は自然界から学ぶことができます。例えばミツバチは、巣の中でハチなりの賢さを発揮します。ネズミが蜂の巣に侵入してくることがありますが、そんなときミツバチは蜜蝋でネズミを覆い、動けないようにしてしまいます。これでもう、ネズミのことは後回しにして構いません。時がたてばネズミは力尽きてしまうでしょう。何日かたち蜜蝋が剥がれたとしても、ネズミはもう簡単に片づけられるようになっていて——巣を掃除するとき、なんなく放り出すことができます。

大人になって、あのときようやく、子ども時代の私の心の傷を覆っていたコーティングが溶けてなくなったのです。長い間、記憶の中に封印され眠っていた、悲しみという亡霊を追い出すときが来たのです。人は、歳月という英知に身をゆだねると良いときもあります。

あらゆることに潮時があり

太陽の下のすべてに盛りがある

コニーの思い出は、記憶の中で柔らかな輝きを放っています。人生のかがり火となり、希望や善意へと私を導いてくれます。コニーの優しさとちょっとおどけた様子が、過去の記憶からときどき顔をのぞかせ、私を穏やかな気持ちにしてくれます。おかげで私は、美しいものに心を惹かれ、平凡なものに感動を見出すことができるようになったのです。

思い出

その空地には雑草がぼうぼうと
少女の背より高くのびていた
でも、その真ん中に
真っ赤に輝く一本の花

小さなこどもは毎日来て
この光景に見入っていた
いままでに見たどんな眺めより

この花がいちばん素敵

花は根づき花つけ
こどもの頭で育ち
枯れたあともずっとずっと
素敵な思いに誘っていった

（アリス・テイラー著、高橋豊子訳、『アイルランド田舎物語』一三五頁、一九九四年、新宿書房）

第二章　安らぎの人（ビルおじさん）

ビルおじさんは、私たちを悪く言ったことがありません。おじさんにとって、私たちは申し分のない子どもだったのです。無条件でかわいがってくれたので、私たちもおじさんが大好きでした。子どもがいないおじさんには、弟のコニーと私が自分の子どもでした。とはいえ、おじさんに厳しくしつけられることはなく、私たちにとっておじさんはいつもサンタクロースのような存在でした。コニーと私が騒がしくすると、父は厳しく叱ります。そんなとき母に、どうしてビルおじさんと結婚しなかったの、ずっと優しい父さんになったろうに、と言ったものでした。すると父は、痛烈に言い返しました。「そしたらな、一家全員腹ペコで死んじまってるぞ」そう言われても、私たちにはおじさんの素晴らしい面しか見えていないのでした。

ビルおじさんは、私たちのすることを決して悪いと決めつけることなく、すべて善意からしている行動だと思ってくれる父親でした。何でも認め、応援してくれます。ゲール語[訳注]の古いことわざ「子を褒めたたえれば、汝の味方になる」は、私たちにぴたりと当てはまったのです。おじさんは好きなようにさせてくれるので、おじさんのもとで私たちはいつものびのびとしていました。おじさんは、父の同級生です。天才と、夢ばかり見ているぼんくらとの混血、父はおじさんをそうみなしていました。一九四〇年代、五〇年代のコーク北部の農村地帯は飢えに苦しんでいて、おじさんがその厳しい現実を生き抜くのは到底無理だと考えていたのです。おそらく父のこの見方は正しかったでしょう。でも私たちにとっておじさんは、おとぎ話のような空想の世界へ続く魔法の入り口への案内人でした。読書と物語を語るのが大好きで、おじさんの中には、大人になることのない子どもが生きていました。だから大人ではあっても、大人の世界の煩わしいことに悩まされることはなかったのです。

丘の上の農場での生活を豊かにし、おじさんと二人の姉が心地よく生活できるようにするには、おじさんがしっかりしなくてはと、父はおじさんをおだてたり脅したりしていました。それでもおじさんは、心ここにあらずなのです。近所の農家がみんな牧草の俵を作るのに忙しいというのに、おじさんだけは本を読みふけっていたり、珍しいカブトムシについて調べるのに夢中になっています。そんなおじさんに、父はイライラさせられましたが、父にはおかまいなく、おじさんは悠々とやりたいことをするのでした。ただでさえ文句の多い二人の姉も、これには本当にイライラを募らせていました。おじさんは、百姓が嫌でたまらないというのではありません。他に収入源でもあれば、農家の生活は性に合っていたのです。でも残念ながら、そんなにうまくはいきません。姉のひとりが倹約家で家事をてきぱきこなしたので、なんとかなっているのでした。この姉にとっておじさんは頭痛の種でした。おじさんは、姉のやかましい小言をいつも耳にしていて――BGMのように常に流れているので、聞いていないも同然でした。コニーと私ももちろん小言を聞き流していて、この姉はおじさんの幸せと私たちの喜びをぶち壊しにする人なのだと思っていました。

おじさんとふたりの姉はうちの裏にある丘の上に住んでいます。私にとっておじさんの家は、親分風を吹かせる姉たちやいくらやっても終わらない嫌な「雑用」から逃れることのできる避難所でした。いろいろなことに我慢ができなくなると、私はこっそり家を出て裏の木立を通り抜け、シダの生い茂る野原に沿って進み、丘のふもとの小川を飛び越え、林の中にある大昔の砦のそばの急な坂道を登ってフォート・フィールドと呼ぶ野原に走り出て、溝を越えた向こうにあるおじさんの家の前の牧場へ駆けて行きました。ここでは犬のシェップと対決しなければなりません。毎日顔を合わせているというのに、温かく迎えてくれることはありませんでした。この雑種は、なわばりを守るためずっとうなり続けていて、おじさんが出てきて制止するまで、いつも私を溝の近くで立ち止まらせるのです。それが、さがるようにおじさんに言いつけられると、すっかりおとなしくなるのでした。どんな農作業の最中でも、ビルおじさんは必ず手を休め腰かけておしゃべりをしてくれました。この丘の上では、急いですることなど何もないのです。おじさんのロバは、その生活のペースにぴったりと調和していました。私は丘の上にいる時間が大好きでした。乳搾りの時間になると、雌牛が注意深く足場を選びながら、地面が石でごつごつした農場の敷地に戻って来ます。草ぶき屋根の牛小屋に入っていき、屋根の間から頭を突き出すと、反芻したものをのんびりともぐもぐ噛み始めます――屋根には牛たちが長年優しく突いてあけた穴が並び、窓になっているのでした。乳を搾られる間、牛たちは隣にある牧場を満足げに眺めていました。長年風雨にさらされた草ぶき屋根は灰色になっていて、木製の扉もすべて同じしっとりとした色合いです。ロバさえも、同じ優しい灰色でした。

ビルおじさんは、毎晩私たちの家へ湧き水をバケツいっぱいに持ってきてくれました。大昔の砦の下にある自分の土地に妖精の井戸と名付けた水場があり、そこから汲んでくるのです。わが家で必要な水の量を計算するときには、おじさんが運んでくれるバケツはいつも勘定に入っていました。まるで北極星のように、毎晩欠かさず持って来てくれたのです。来ないのは土曜の晩だけでした。その日がお風呂の夜で、五人姉妹が台所のかまどの前に置いたブリキの風呂桶に浸かり体中をきれいに洗うのがわかっていたからです。わが家に来ると、おじさんは一晩おきにしばらく過ごしていき、私たちに我慢強く勉強を教えてくれました。私は、単語の綴りを覚えるのが苦手でした。ある晩おじさんが、まったく集中できない私の頭に、長い時間をかけて「immediately（直ちに）」の綴りを植え付けようとしたのを、今もよく覚えています。おじさんはまた、物語を聞かせてくれたり、アイリッシュダンスを教えてくれました。これは大変なことでした。なにしろおじさんは大男で、その上、靴底のふちに沿って鉄製の帯がつけてある重い木靴を履いているのです。だから、妖精のように軽やかにくるくる回るというわけにはいきません。アイルランドの田舎では戦時中に、履物の主流が、底に鋲のついた靴からこの木靴に変わっていました。踊りに適さない靴を履いているのに、おじさんはねばり強く続けて、ややこしいダンスを私たちに教えることに成功したのです。木靴の鉄がときどき外れることもありましたが、おかげで独特なリズムのテンポになったのです！

クリスマスにはみんなでトランプをしましたが、ごまかす人がいるとおじさんは猛烈に怒りました。寝室へ行かされた私たちがいつまでも二階で騒いでいると、階段の下までやって来て警告してくれます。そろそろ父の怒りが爆発しそうだから、ちょっとおとなしくしなさい、というのです。

ちょうどサンタクロースのように、ビルおじさんはかっぷくのいい体つきをしていて、大きなはげ頭の下のいかにも善良な顔は、善意と親切心に満ちあふれていました。おじさんはいつも私たち子どもの味方でした。

弟のコニーが亡くなると、母はひどく落ち込み、父はひとことも口をきかなくなりました。そんなとき、ビルおじさんだけは変わらず、苦痛の海をさまよう私が安心して頼ることのできる支えになってくれました。おじさんは、いつもと変わらずにいてくれたのです――完全に崩れてしまった世界で平常心を保つため、私たちにはすがるものが必要でした。私には、おじさんは永遠不滅の存在に思えました。

ビルおじさんは生まれつきひどい喘息に悩まされていて、治療のため、ブリキの缶に入った奇妙なしろものを燃やして鼻から吸い込んでいました。私はこの行為に目を奪われ、身を乗り出して缶の中をのぞきました。臭いを嗅ごうとすると、おじさんの姉たちに叱られました。喘息持ちとはいえ、おじさんの具合が悪いことはなく、いつものんびりしたペースで行動していました。おじさんの家に続く砦のそばの坂道には、斜面を削って平らな石を置き、坐り心地良く作った小さな腰掛けがいくつかあります。急な坂道を登りながら、おじさんはその腰掛けでたびたび一息つくのでした。急坂は、喘息持ちには大変だったのでしょう。

あるときおじさんが、水の入ったバケツを持って現れない日が続きました。どうしたのだろうとは思いましたが、それほど心配はしませんでした。それでも次の日曜日、教会のミサに行った帰り道、姉のエレンと私は寄り道をしておじさんを訪ねることにしたのです。梯子を登って上がる屋根裏のいつものベッドではなく、「奥の間」と呼んでいた部屋の大きなベッドに、おじさんは横たわっていました。話すこともできず、重い息遣いが部屋中に響いています。私は、氷のように冷たい不安がお腹の中をもぞもぞ動き回るのを感じました。丘の斜面を下りながら、お腹の下の方にひんやりとしたこぶができていくのがわかりました。私は裏の木立へ行き、弟のコニーが天に召された晩、おじさんが泣きながら私と一緒に坐っていた木の横に腰を下ろしました。あのときまだ六歳だった私には、死とはどういうことなのか、まったく理解できませんでした。その日、もう十二歳になっていた私には、少しはわかるようになっていました。その日しばらくして、ビルおじさんは亡くなりました。おじさんの苦しそうな息でいっぱいのあの部屋には、もう戻りたくありませんでした。

次の晩には、霊柩車がおじさんの家を出ることがわかっていました。私は、おじさんの家を見下ろすことのできる、うちの農場のいちばん高いところへ行きました。霊柩車が牧場を横切って行くとき、お腹の中のこぶが、だんだんと冷たい大きな塊になっていきました。本当につらくせつないできごとでした。私には死別の深い悲しみが、わかりはじめていたのです。

葬儀の翌日、おじさんの姉のひとりがやって来ました。おじさんがいなくなって寂しいので、子どものうち誰かひとりを寄こしてしばらく一緒に生活させてくれないかと、母に頼みに来たのです。ちょうど復活祭で、学校は休みでした。丘を上り、おじさんの家へよく行っていたのが私だったからでしょう。着替えの小さな包みを小脇に抱え、私はまた、おじさんの家へ行くことになりました。けれど、そこは以前とはまったく違う場所になっていました。おじさんがいない今、この特別な場所から光が消え去っていたのです。姉のエリーは、細かいことを口やかましく言う人で、私のすることのすべてに目を光らせています。ひどい関節炎に悩まされていて、かまどの脇に置いた、座面を藁で編んだ木製のひじ掛け椅子にほとんど一日中坐ったまま、私の動きをいちいち指図するのです。髪はブラシですっかり頭の後ろに撫でつけて固くまとめ、あらゆることに几帳面で厳密でした。痩せていて厳しい人で――もしかすると長年痛みをこらえているうちに、厳しい人になったのかもしれません。小さな台所が、この人のささやかな天下でした。もうひとりの姉は、まったく正反対のタイプです。洋服は薄汚れてだらしなく、長い黒髪はボサボサで、紐の緩んだ大きなブーツでドタドタ歩き回ります。ふたりは手前の部屋にある、丈の高い鉄製のベッドで眠り、私はその真ん中へよじ登って一緒に眠りました。ふたりともウールの長い寝巻を着て、軟膏薬のきつい臭いをぷんぷんさせていました。あちこちの痛みを和らげようと、身体中に塗りたくっていたのです。

毎朝エリーは私を呼びつけ、いろいろと細かく指図します。かまどの火をつけるには、まず灰だめの灰を捨て、それから紙をねじって焚き付け用の小さな塊を作ります。次に、ゲール語で「キアラン」と呼ぶ柔らかい泥炭を少々と、「キピーン」と呼ぶ小さな木片で紙の塊を囲みます。この木片は、前日に干し草置き場の木の下で集めておかなければなりません。それから重いやかんに、告げられた通りの正確な量の水を入れ、かまどの火の上の鉄製の自在カギに掛けるのです。あらゆる行動をきっちりと時間通りに進めるエリーを見ていると、私のようにお腹の中に冷たい塊を感じないのだろうかと、不思議に思えてくるのでした。

嫌な雑用を終えると、私は小さな干し草置き場を歩き回ったり、ビルおじさんの、ロバをつなぐ荷車の滑らかなシャフトをなでたり、たわんだ屋根の牛小屋にある乳搾り用の腰かけに坐ったりしました。おじさんが森から運んできて、きちんと積み重ねた丸太が、家の切り妻のある外壁に寄せて置いてあります。家の脇にある狭い庭には、縁に沿って黄水仙が地面に顔をのぞかせています。それでも、おじさんがいなくなった今では、その場全体が悲しげでした。

また学校が始まると、喜んで家へ帰りました。家ではやかんに水を何杯入れるかなど、だれも気にしません。水を入れたバケツを手にしたビルおじさんが、わが家の戸口に現れなくなったことに慣れるのに、ずいぶん時間がかかりました。丘の上の避難所も、永遠になくなったのです。

何年も後になって、聡明で優れた作家のジョン・オドナヒューが書いたものを目にしました。子どもの頃、心から慕っていた高齢の隣人が突然亡くなったときのことが記されていました。ジョンにとって人の死は初めてでも、周りの大人は全員、死に遭遇したことがあると気づいたというのです。これはジョンにとって大発見であり、そんな異常事態の最中でも人々は前へ進み続け、日々の生活はほぼ平常通り動いていくことに驚いたといいます。ビルおじさんのいない世界はこの先どうなってしまうのか、私にはわかりませんでした。何か月もの間、私は丘の坂道を登り、ビルおじさんの休憩場所に坐り込んではおじさんを思い起こしていました。どうしてそんなことをしたのか、自分にもわかりません。そんなことをすればつらいのですが、それでもおじさんを身近に感じることができたからでしょう。ビルおじさんは、丘の一部でした。そして私の世界はしだいに、おじさんのいない形に作り変えられていったのです。

訳注

ゲール語——アイルランドの第一公用語。ただし、人々の日常語は主に第二公用語の英語であり、ゲール語で生活している人々は西部にわずかに残るのみである。

第三章　うちの動物たち（馬のパディー）

私たちは、戦後の質素な時代に育ちました。ほとんどの家庭の親は、子どもに食べさせるだけで精一杯でした。おもちゃを買う余裕などありません。もっとも、おもちゃを持ったことがないので、欲しがることもありませんでした。それに、子どもというものは生まれつき工夫するのが得意ですから、別のことに楽しさを見いだしていました。農場の動物たちが、私たちの「おもちゃ」でした。特別に世話をしなければならない子豚や子羊がいると、フローレンス・ナイチンゲールになるべく待機します。春には、鶏やガチョウの赤ちゃん、アヒルのひなが生まれてにぎやかで、夏には子牛を追って牧場を歩かせました。けれども、動物の赤ちゃんはすぐに成長しておとなになってしまいます。私たちが長年にわたる友情を築いたのは、古くからいる動物たちでした。

農場の犬や馬には深い愛情を抱いていました。その中には、私たちより年上の動物もいます。馬の一頭はパディーという名で、姉のエレンと同い年でした。そのためパディーと親密な間柄だった姉を、うらやましく思ったものです。同じ年に生まれたふたりの間には、特別な絆があるようでした。パディーは、馬小屋の王様のような存在です。来ては去って行く他の馬とは違い、パディーだけはうちの農場に永遠にいつづけるように思えました。

父がパディーに対して深い尊敬の念と愛情を抱いていることは、私たちにもわかっていました。当時は農場を動かすのに、馬が中心的な役割を果たしていました。父は、鋤を引いて土地を耕すのも、牧草やトウモロコシを刈るのも、すべてパディーに頼っていました。パディーなしでは食糧を手に入れることができないので、この馬は大切にされていました。それに、人と馬が一緒に働くことでお互いを頼る気持ちが芽生え、はっきりと態度に表さなくても、ふたりは親しい友情で結ばれていました。農家の男は心に秘めた感情を露わにしないものですが、だからといって、何も感じないわけではないのです。ふたりは、お互いを思いやり譲り合う好例といえたでしょう。父とパディーとは、黙っていても心が通じ合っていました。

パディーは大きな鹿毛（かげ）[訳注]の馬で、気まぐれなところもありましたが、素晴らしい働き手でした。畑で二頭が農作業をするときには、パディーが音頭を取ります。馬が二頭で作業をするときは、ふつうペースメーカーがいて、もう一頭はそれに従うのです。天気が良いといつも、馬たちは牧場に放してありました。馬を捕まえにいくのが、私たちの毎朝の仕事です。ひとりが牛を連れ戻しに行き、その間にもうひとりが馬を捕まえてくるのです。馬たちはいつも快く集まって来るとは限りません。それでも口笛を低く長く吹くと、たいていパディーがこちらに向かって駆けてくるのが見え、すると、他の馬たちもそれに続くのでした。いちばん手のかかるのは、体が小さく威勢のいいジェニット[訳注]で、この動物の仕事はクリーム加工所へ行くことでした。このジェニットは性質の良くない雑種で、少しでも隙があろうものなら蹴ったりかみついたりしかねません。でも私たちは、やられたことはありませんでした。というのも、農場で生き抜くための第一のルールは、予想外のことを想定することでしたから。都会で生きていく心得はなくても、私たちは、農場で生きていくしたたかさは持ち合わせていたのです。

馬小屋の中にも序列があります。パディーが最上位を占め、次はジェリーで、最後の窓際にくるのがジェニットでした。この動物はうちの農場でも、いえ教区内でもたった一頭きりでした――だからただ「ジェニット」と種の名前で呼ばれていました。馬小屋の天井には、穴がひとつありました。穴は納屋の屋根裏に続いていて、馬たちが牧場に出ることができない冬の数か月の間、屋根裏に積んである干し草をその窓から下のかいば桶へ投げ入れるのです。日の長い夏には、仕事が終わってしまうと、馬たちは家の裏に広がる牧場や、牧場の北のはずれに広がるグレンと呼ばれる谷間で自由に草を食べていました。馬たちは牧場の隅々まで知っているはずでした。だからなぜパディーがあんな事故にあったのかわかりません。

五月のある朝早く、馬を捕まえに出ていたエレンが、恐怖にひきつった顔で息を切らして家に駆け戻ってきました。パディーが崖からグレンの深いくぼ地に落ちたというのです。大騒ぎになり、家族全員がグレンへ向かいました。かわいそうなパディーは、くぼ地に横たわり、恐怖に目を見開いています。父を見ると、悲しげな哀れな声で鼻を鳴らし——まるでふたりだけに通じる特別な交信手段を使っているようでした。パディーは、全幅の信頼を寄せる友人に説明を求めています。けれどもその友人は、答えることができません。

その日私は、パディーの苦しい状況を思い、悶々として学校へ行きました。朝の父の表情から、この惨状を切り抜けるのは容易なことではないとわかったのです。学校では、パディーの怯えた瞳を思い出すばかりで、何も頭に入りません。帰宅するとすぐ、パディーの横たわるくぼ地へ行きました。どうすることもできないとわかっています。立ち上がらせることができるのなら、すでに父がそうしていたでしょう。昼の間に獣医が呼ばれ、パディーは背骨を折っていると告げていったと聞かされました。死刑を宣告されたも同然です。

日が暮れかかるころ、私はもう一度グレンへ行き、急な勾配をくぼ地へと下りました。かわいそうなパディーのやわらかい鼻をなでると、パディーは悲しそうに鼻を鳴らします。涙でよく見えない目で牧場を歩いていると、父が銃を手に、こちらへ向かって歩いてくるのが見えました。パディーには、それがいちばん早く情けのある方法でしたが、父にとっては残酷でした。私は歩みを止めて銃声を待っていましたが、なかなか聞こえてきません。私が、銃声の聞こえない家に着くまで父が待っているのがわかりました。それでも私は、フォート・フィールドの真ん中にある石に腰かけて待っていました。とうとう銃声が鳴り、夜のしじまを破ってグレンに響きわたりました。父がゆっくりと野原を歩いてきました。私は黙ったまま手を父の手の中へすべりこませると、ふたりで家への道を帰って行きました。言葉が意味をなさないこともあるのです。パディーはグレンに埋葬され、それ以来その場所には、いいようのない悲しさが漂うようになりました。

その翌年、うちの雌牛の一頭が病気にかかり、家の裏にあるクァリー・フィールドという野原のてっぺんに立つ木の下で手当てを受けました。母がバケツに入れた温かいエサを持って近づくと、悲しげにモーと鳴き、おとなしく横たわっているだけです。大きな優しい目は、わけを問いたくて苦痛に満ちていました。雌牛はその木の下で死に、そこに埋められました。その後何年もの間、クァリー・フィールドを横切ると、その木の周りでもの悲しい気配がするのを感じたものです。動物の仲間との別れには、苦痛が伴います。人間同士の絆の次に強いのは、人間と動物との間の絆だからでしょう。

農場で育った私たちは、動物が生まれ死んでいくことは、農場の自然の秩序の一部だということを、幼いうちに学びました。そのような生命のあり方を受け入れ、対応する力をつけなくてはならなかったのです。農場での暮らしには、季節ごとに異なる活動様式があります。私たちは自然のリズムやバランスを体で覚え、自然の秩序を尊重する必要性を学んでいました。

田舎ののどかな屋外にいると、自分は、より大きな存在のほんの小さな一部でしかないことを意識するようになります。そう気づくと、自然界の調和への尊敬の念が生まれ、大自然の驚異に畏怖の念や愛情を抱くようになるのです。大地とは厳しい親方のような存在で、そこで働く人間は、力を出し不屈の精神で仕事に励まなければなりません。パディーの事故のあと間もない十一月のある夕べ、ブレイク・フィールドという野原で父が冬の耕作用に土地を耕しているところへ、紅茶と黒パンを二切れ持って行ったことがあります。谷あいに来て立ち止まると、耕した畔の向こうに沈みゆく太陽を背に、父と二頭の馬のシルエットが浮かび上がっているのが見えました。子どもの私にさえ、何か特別なものを見ているのだとわかりました。それは、人間と神と自然とが完全に調和した光景でした。そこで農地を耕す父は、大地と溶け合い、救いを見出していたのです。

大地

ああ　耕された褐色の大地
いにしえの技が
おまえを掘り起こす

何世代もの農夫たちに
受け継がれてきた技
おまえを守る木々の下
おまえは丘の斜面を覆う
褐色のベルベットのマントのように

おまえの柔らかさは
真っさらな本のよう
耕されたおまえは
穢れのない姿で待っている
人間の手で受胎させられるのを
自然の暖かさで育まれるのを

訳注
鹿毛（かげ）――体は茶褐色で、たてがみや尾などの長毛は黒色の馬。
ジェニット――雄馬と雌ロバとの雑種。

神聖な場所

第四章　考えごとの時間（父）

父はいつも言っていました。「父さんが賢い人間だとわかるのは、死んでから何年もたってからだろうよ」子どもの私たちには、父の言葉は冗談半分の勝手な主張でしかありませんでした。でも今は、この言葉が本当だったとわかります。時代を先取りしていて、時がたつまで本当の価値が認められない人もいるのです。賢明で洞察力に富んだ父を思い出すにつれ、父がいかに先を見通していたかに改めて驚きます。目の前で繰り広げられることに対処するのに頭がいっぱいの母と違い、父の人生は難儀だったことでしょう。短気で何事にもすぐに腹を立てる父は、周りの人にも素早く動くことを求めました。物心がついてすぐに学んだことは、父に何かを言いつけられたら直ちにしなければならないということです。おかげで反射神経がずいぶん鍛えられました。

父にとって、自然が心を静めるための鎮静剤で、牧場を歩くのを日課にしていました。動物たちの様子を確認したり敷地の境の溝を見回りに行ったのだと、長い間思っていました。

けれども私自身が年を重ねて少々賢くなってくると、父は家族から逃れたかったのではないかと考えるようになったのです。なにしろ、のんびりと構えた妻に六人の子どもたち、それにわが家には、大勢の客がひっきりなしに出入りしていたのですから。家の中があまりに騒々しく、ノイローゼ寸前まで追いやられたこともあったのでしょう。避難場所である牧場へ出て行き、そこで心の平静を取り戻し、穏やかになって帰って来るのでした。人間に対するよりずっと大きな尊敬の念を自然に対して抱いていました。というのも、人間には失望させられることがありますが、自然は決して期待を裏切ることがないと経験から学んでいたからです。

自然のバランスを乱してはいけない、私たちは常にそう言い聞かされて育ちました。人間が自然の扱い方を間違えば、ひどい代償を払うことになるぞ、父は私たちをそう戒めました。父にとって、木々はとりわけ大切な存在でした。成長するのに何十年もかかるのに、それを五分で切り倒してしまうとはしませんでした。木をたくさん植えていて、容易に切らせようとはしませんでした。成長するのに何十年もかかるのに、それを五分で切り倒してしまうのはばか者だと、常々私たちに言い聞かせていたのです。水質汚染など話題にならない遠い昔に、農場内の丘の斜面を流れる小川が、ふもとの川に注ぐ様子を常に観察していました。ホース・フィールドと呼んでいた牧場を流れる小川でうちのアヒルやガチョウが泳ぎ回ったせいで馬の飲み水が汚れると、機嫌が悪くなりました。父の考えでは、たとえ動物の世界でも、他の者が新鮮な水を飲む権利を侵してはならないのです。当時は飲み水を、家の裏手の牧場にある井戸から引いていました——それに、隣人のビルおじさんが「妖精の井戸」から運んでくれる水もあります。ほうろうびきのバケツが、いつも台所のテーブルの隅に置かれていました。日中父が家に戻ってくると、食器棚のコップを取り出し、バケツの水を一杯飲みます。毎晩二階の寝室へ上がる前に最後にすることは、同じように水を飲むことでした。晩年、人生でたった一度だけ入院することになったとき、父は、井戸の水を瓶に入れて持ってきて欲しいと頼みました。病院の水は体に悪いと思っていたのです。

　農場の下の谷間を流れる川は、父の大きな楽しみになっていました。夏の日曜、教会のミサから戻ると、父は釣竿と道具一式を取り出します。それから、おきまりのややこしい方法——牛の角と金網を使う——で虫を捕獲するのです[訳注]。きれいな色のこの虫は、尾が長く独特な外見をしていました。幸運にも、子どもの誰かが、この神聖ともいえる、川への巡礼に同行させてもらえることがありました。ただし、魚が怖がるから絶対に音を立ててはいけないと、殺さんばかりの剣幕で脅されるのです。私は背の高いシダの茂みの中で腹ばいになり、魚が飛び跳ねるのを見るのが大好きでした。気が散るのを嫌がって、父は私たちに、魚を捕えるのが見えるくらいに近寄ることは許してくれません。それでも、見ることはできなくても、灰色の麻袋はだんだんと大きくなっていくのでした。父はたいてい、麻袋をつるつるのニジマスで一杯にして帰ってきます。すると私たちは、そんなに大漁でなければ良かったのに、と思うのです。だって、農場のいちばん下にある水口までその魚を運び、はらわたを抜いてきれいに洗うのは私たち子どもの仕事でしたから。けれども、母がかまどの火にかけた足つき鍋で料理し、バターがたっぷり染みこんでジュージュー音を立てながらニジマスが食卓に現れると、数が多くてもまったく構わないという気持ちになるのでした。

冬が近づくとその川には、鮭が産卵にのぼって来ます。すると密漁者たちが「カギざお」を携えて夜遅く出かけて行きます――芝土を灯油に浸して火をつけ、鮭の目をくらませておいてカギざおで地獄へと引き上げるのです。父は密漁を良く思っていませんでした。あるとき近所の若者が、軽率にも密漁した鮭をわが家に持ってきました。父は、すぐさま台所の食卓の上で鮭の腹を切り開き、若者と家族全員にお腹の卵を見せながら、罪のない魚を殺すことで、将来生まれてくる命を奪うことになると説教したのです。密漁の鮭をもらうことは、二度とありませんでした。

現代と同じように、当時も農家にとって天気予報は大変重要だったので、父はラジオの予報に耳を傾けていました。それに、自然界に現れる天気の気配や夜空の様子をよく観察していて、翌日が十分晴れて牧草やトウモロコシの刈り入れができそうか、独自の方法で見極めていました。天候を予測するのに月の様子をよく見るので、月の満ち欠けの記されていないカレンダーは買いません。夜になると私たちを外へ連れ出し、夜空に浮かぶ月の形について説明してくれたり、いろいろな星の位置について話してくれることもありました。私はそんなときの父がいちばん好きでした。私たちのいる平凡な世界のずっと上の、天にある未知の世界に憧れを抱いているように見えたのです。

春になりツバメがやってくると、父はとても喜びました。私たちは、誰がいちばんにツバメを見つけるか、最初にカッコウの鳴き声を聞くかを競い合ったものです。牧草やトウモロコシの刈り入れをするときも、父は野鳥の巣にはとても気をつけていて、牧草地の真ん中に草が刈られずそのまま残されている部分もありました。巣のひながかえり安全に飛び立つまでそっとしておいたのです。あるときキジの母親が巣に戻ってこないことがありました。父が、卵を温めている雌鶏の下にキジの卵を置くと、鶏のひよこが生まれるのと同時にキジの卵もかえりました。父は農場にやってくる鳥の名前はなんでも知っていて、夜、暖炉のそばのイスに腰かけて、私たちが学校で使う英習字の練習帳に鳥の絵を描いてくれました。鳥についてのレッスンが終わり、放浪者たち――わが家に来ている近所の農家の人たちをそう呼んでいました――が帰ってしまうと、父はパイプの煙をくゆらせながら、暖炉の火をじっと見つめていました。そんなとき、何をしているのか尋ねると、父はゆっくりとうなずき、こう言いました。「考えているのさ」でも父が考えごとをするのは、ほとんどが牧場でした。朝いちばんにキノコやキイチゴを採り、野生のリンゴをもいできて、サンザシの実を食べながら歩き、そういうことが「自然体系」の維持につながると言うのでした。

歳をとるにつれ、父は穏やかになりました。暖炉脇に腰かけてパイプをくゆらせているとき、「何をしているの、父さん？」と私たちが尋ねると、落ち着いた様子で答えます。「お迎えを待っているのさ」人生の旅路は終わりに近づいていて、父はゆったりと構えてあの世へ向かおうとしていました。すべてをありのまま受け入れる姿勢はどこからくるのか、私は不思議に思っていました。そして、父が農場の人間として生き、自然と一体だからだと気づいたのです。季節が巡りまた去っていくのを、父は自分の目で確認し、人間を取り巻く自然が、一年をかけて移り変わっていく様子をよく見ていました。農場では、動物たちの胎内に子が宿り、産まれ、成長し、そして死んでいきます。その命の旅路を、父は動物たちと共に歩んできたのです。牛の群れの中に、同じ血統の三世代がいたこともあります。農場で生きているものとして、その牛たちは私たち家族と同じくらい大切な存在でした。

父は信心深い人間ではなく、当時行われていたいくつかのカトリックの儀式をくだらないと思っていました。父が神とみなしている存在は、常に近くにいたのです――父の神は、野外の牧場にいました。教会が分裂したときは、その愚かさに頭を振りながらこう言いました。「結局は、みんな同じところへ行くってのにな」盛大な葬儀をばかばかしいと考えていて、「死んだ者の後をイカれた人間がぞろぞろついて歩く」と皮肉を言いました。父の望みは、自宅のベッドで静かに最期を迎え、大げさな葬儀をしないで、うちの敷地の下手にある果樹園の木の下に埋葬されることでした。この望みの、最初のひとつは叶えられました。ある晩寝床に入ってすぐ、静かに息を引き取ったのです。お迎えを待つことも、終わりを告げました。

父のお通夜は、自分の結婚式の写真と両親の古い写真が見守る中、わが家の客間で行いました。父はこの家に住んだ家系の六代目で、それに続く二世代がそこに集まっていました。友人や隣人たちが別れを告げにやって来ます。古くからの友人のひとりは、ある使命を果たすためにやって来ました。ありきたりの弔いの言葉を述べるためではなく、長年の友人が逝ったのを「見届け」、長い旅路への出発を見送るために来たのです。遺族には目もくれず、その人はまっしぐらに父の棺へ行くと、両端をしっかりとつかんで、生涯の友の顔を長い間優しいまなざしで見つめていました。急ぐ様子はまったくありません。八十年間の友情に、急いでさよならを言うことなどできないのです。いちばん大事なことを終えると、ようやくその人は、母や私たちにお悔みの言葉を述べる余裕ができたようでした。

その後、霊柩車がわが家の敷地を出て行くとき、私たちは、長い物語の最後の章にたどり着いたように感じました。夕食のあと私は、父が大好きだった川まで牧場を歩いて行きました。父は逝ってしまったけれど、二月のたそがれの中を歩く私の周りに、父の精神は満ちていました。真っ暗な川は、しんと静まっていました。父の家系の八世代がこの川のほとりで生きてきて、その間ずっと、川は静かに流れ続けていたのです。私は、人の命のはかなさと自然の永続性をしみじみと感じていました。父はここに神を見出し、心の安らぎを覚え、私はそれを、夜の空気の中に感じたのです。

新月

あなたは夜空に目を馳せ
新月に未来を見た
鋤に、そして星の中にも

あなたは星のきらめく王国に生きた
優しい大地が輝きわたり
新月が開け放つ
天の川へ向かう窓を

今やあなたは家から発ち
あの新月に向かってゆく
鋤の上はるか彼方
星々さえも越えて

あなたは翼を広げて

天の川を舞う
どこまでも高く飛び
何ものにも縛られず
新しい朝に向かって

父さん

ついにあなたは逝ってしまった
父さん……
後に何があるというの？
私たちに遺してくれたもの
それはまぎれもない宝物
あなたの心という名の

ゴールドスミス[訳注]こそ
かけがえのない友だった
あなたはその詩を

一句一句口にしたものだった
だから私もあなたのために口ずさもう
あなたの棺が運ばれる
後を歩んでゆくときに

あなたは大地に
木々を植え
伸び育つのを
見て生きた
必要もないのに木を切るなんて
思いもよらない
ことだった

あなたの土地をゆきかう
どんな鳥の名前でも
あなたはすべて知っていた
それぞれどんな処に住まい

いつやってきて
どこから飛んでくるのかも

正直こそ
あなたの人生の信条
求められる以上に
あなたは多くを与えた
けれど誰にも
求めることはなかった
自分に同じように
報いてくれることを

これらすべてが贈り物
父さん
あなたが遺してくれたもの
何ものにも増して
この上なく素晴らしいのは

あなたの精神（こころ）が示した英知

訳注

虫の捕獲方法――馬の糞を箱に入れ、臭いにつられて虫が入ったら箱のふたを閉める。反対側の開け口に牛の角を取り付けて、角に虫が入ったところで角の口を金網でふさぐ。（アリス・テイラー著、高橋豊子訳、『アイルランド田舎物語―わたしのふるさとは牧場だった』七七頁、一九九四年、新宿書房）

オリバー・ゴールドスミス――一七二八年～一七七四年。アイルランド生まれの英国の詩人・小説家・劇作家。著作に『ウェイクフィールドの牧師』、『負けるが勝ち』などがある。

第五章　一家の主婦（母）

私は、たとえ朝食の食卓でも、紅茶を飲むのにマグカップを使いたくありません。このこだわりは、母から受け継いだものです。どんな状況でも、紅茶を飲むときにはカップとソーサーを使うものだと、母は信じていました。お上品ぶっていたのではなく、人も食べ物も、一定の礼儀をもって扱われるべきと考えていたのです。私は、質素であることを信条とする家庭で育ち、母は「物がなければ、間に合わせで済ませることがうまくなる」という考えの持ち主でした。「家を飾りたてる」ことに興味はなく、乏しい物に輝きを持たせるのが得意だったのです。おいしい食べ物が何よりも大切で、家族や隣人、訪ねてきている親戚が、気持ちよく満足して食事ができるように、食卓には食器がきちんと揃っていなければならないと考えていました。母は結婚して、コークとケリーとの県境に近い丘の中腹にある農場にやってきました。古い田舎家に住む、代々続く家系の一員となったのです。その地域では、何世代か前の人々は、必要にせまられて世界中へ移住していきました。アイルランド人には放浪癖があるから移住するのかもしれません。それでも自分のルーツを知りたいという気持ちが非常に強く、うちの農場のいちばん下を流れる川に戻ってくる鮭のように、テイラー家の子孫が先祖の家へぞくぞくと戻って来るのでした。そんなとき母はいつも、心の底から温かく迎え入れました。親戚は、居間で紅茶と軽食をいただき、先祖の話でもてなされるのです。テイラーの家系については、父よりよく知っていて、親戚を迎えることも母の方が喜んでいたほどです！　家族のしきたりを大切にしていて、実家の親戚だけでなく、父の親戚の中でも要の存在でした。夫の家族を侮辱することは、夫を侮辱するのと同じことだと、母はよく私たちに言っていました——後にこの言葉を思い出し、何度私は口をつぐんだことでしょう！　一枚きりの上等なリネンのテーブルクロスと、祖母から受け継いだ陶磁器一式は、巡回ミサ[訳注]をわが家で行う際やクリスマスのときだけでなく、特別なお客をもてなすために一年中使われていました。

屋外でごちそうを食べることもありました。みんなで牧草の取り入れをするときは、牧場で食べることができるよう、母がしっとりとした大きなりんごのケーキを焼いてくれます。台所がどれほど多忙を極めていても、母は、外で働く人に食べさせることを最優先にしました。牧草の取り入れは骨の折れるきつい仕事で、草の種が背中に入り込んだり、思わぬ所に生えているイバラで足をひっかいたり、アカガエルがひょっこり出てきてびっくりしたりと、みんなの文句が絶えません。でも母が、バスケットと紅茶をたっぷり入れた白いほうろうびきのバケツを手に、家から出て斜面を下りてくるのが見えると、バスケットの中身がりんごのケーキだとわかっているので、文句を言うことなど忘れてしまうのでした。私たちは、牧場でいただく紅茶と軽食が大好きで、りんごのケーキを口々にほめると、母は控えめに微笑んで言いました。「空腹はいいソースだからね」

母は年中行事を演出するのが得意で、クリスマスを夢のような素晴らしいイベントにしてしまいます。私たち子どももクリスマスの準備を手伝いながら、期待に胸をふくらませていったものです。クリスマスの大掃除の手伝いもさせられましたが、森でヒイラギの枝を拾い、家の中に飾るのは子どもの仕事でした。私たちが、無邪気にも、台所を家の近くの木立のように飾り立てても、母は嫌な顔一つ見せません――キャンドルに添える赤い実のついたヒイラギが手に入り、イブに食べるガチョウの丸焼きの中にゆでて詰めるジャガイモさえあれば、もうそれで満足なのでした。嬉々とした子どもたちが足元にヒイラギの枝を引きずってきても、イライラすることもなく、子どもたちがけんかを始めれば、穏やかにとりなします――子どもに取り入るような母の態度は父をいらだたせ、私たちが心ゆくまで飾り立て、平和が戻るまで、父は姿を消していました。神と家族のしきたりを大切にし、クリスマスが大好きな母は、毎年のお祝いに宗教的な要素をたっぷり入れました。それで私たちは、キリストの誕生の様子を再現した人形は、サンタクロースと同じくらい大切なものだと思っていました。毎晩家族で行うロザリオの祈りは母が指揮を執り、家族全員をひざまずかせて祈らせました。

母が「余計な言葉」を次々に付け加えるため、祈りがつい長くなってしまうと、父はこう言ったものです。「おい奥さん、明日の朝までお祈りしているつもりかい」――父は我慢しきれなくなってくると、母の呼び方を「レナ」から「奥さん」に変えるのでした。

料理の得意な母のおかげで、私は、おいしい料理にするために最初に入れなければならない材料は食べる人への愛情だと信じるようになりました。母は家族を大切にしていたので、私たち家族全員にもお客にも、もったいない食べ物などありませんでした。人はみんな善人だ、というのが母の人生の信条でした。そのばかげた考え方に、父があきれて天を仰ぐこともよくありました。

そんな母をイライラさせるのは、一匹のキツネだけでした――夜な夜な家畜小屋を襲い、せっかく太らせたアヒルやガチョウを連れ去るそのキツネに、母は頭を悩ませていました。キツネだって自分の子どもに食べさせなければならないとわかってはいました。それでも、そのキツネは、ただ殺すのが目的で、気まぐれに家畜を殺すことがあり、母はそれに耐えられなかったのです。のちに私が油絵を描くようになり、キツネを描くのは本当に楽しいと母に告げると、母はこう言いました。母さんのような経験をすれば、あんたもキツネが憎らしくなるわよ！

晩年になると母は、申し分のないおばあちゃんになり、あふれんばかりの愛情で孫たちを包み込みました。猫が小皿に載せたクリームをぺろりとたいらげるように、孫たちもその愛情を喜んで受け入れました。わが家に来ると、子どもたちの食べたいものをなんでも作ってくれます。こってりしたタピオカプディングやセモリナプディングなど、私が作ってやることのできないデザートを、子どもたちは大喜びで食べました。毎年の家族旅行でバリーブニユンを訪れると、毎晩子どもたちを連れて遊園地へ出かけて行きました。そして、海賊船やゴーカートに乗ってすぐ空になるポケットに、せっせと小銭を入れてやるのでした。

晩年は優雅で威厳に満ちた老女になり、相手を傷つけることなく正したり知恵を授けたりする能力を発揮しました。あるとき過去を振り返り、母が私に言いました。「コニーが亡くなった後、悲しみを長く引きずってしまったこと、後悔しているの」たった六歳でこの世を去った弟の死を語るこの言葉に、私は驚きました。悲嘆にくれて泣き暮らしたのは大きな間違いだった、と言うのです。「悲しみは人生を台無しにしてしまう」母は言いました。だから、ある程度悲しんだら「前へ進む努力をしなくちゃ。過去を向いて一生を過ごしてはいけない」長い年月を経てようやく、母は弟の死を穏やかに受け入れることができたのです。後に私は、バジル・ヒューム枢機卿[訳注]の言葉の中に同じような思いが書かれているのを目にしました。「悲しみは心の平穏に変わる——いずれ必ず」

「父さんなら、ベッドで安静にしているように言われたって、這ってでも外へ出たでしょうね」と私が言うと、急死した父を思い出して母は微笑みました。ところがその母が脳卒中で倒れ、亡くなるまでの二年間寝たきりになってしまったのです。それまでずっと、穏やかにゆったりと動いていた母にとっては、つらい人生の終わり方でした。私は、聖書の言葉を改めて思い起こしました。「生あるごとく死あり」――父は急いで逝ってしまい、母はゆっくりと向かって行きました。

母が倒れてからの二年間は大変でした。人の世話をしていた人が、介護される側になったのです。高齢者の自宅介護は、エネルギーを消耗するきつい仕事です。私たちは姉妹でローテーションを組んで介護をしましたが、最も負担が大きかったのは、姉のフィルでした。というのも、介護という領域で優れた能力を発揮したからです。フィルが、ストレスに悩まされ疲労困憊したみんなをまとめてくれました。母は、大好きなリスダンガン以外で介護されるのは嫌だろうという思いで、みんなが力を合わせました。これまで私たちのためにあらゆることをしてくれたのですから、そうしてもらう資格があったのです。そしてある八月の早朝、母は静かに目を閉じると、数十年のあいだ自分が中心的役割を果たしていた家に別れを告げました。

親の葬儀に飛行機で駆けつけるという経験はしたことがありませんが、きっとせつないことでしょう。姉のエレンがトロントから飛行機で到着したときはもう、棺が教会に運ばれた後でした。私はエレンを空港からまっすぐ教会へ連れて行き、棺に横たわる母の横に、ふたりで長い間坐っていました。死という現実を呑み込むためには時間が必要なのだと気づいたのは、そのときでした。しばらくして、エレンが優しい声で、母の好きだった聖歌を歌い始めました。そして、私たちが子どもの頃からよく歌っていて、母もよく歌っただろう聖歌を、みんなで次々に歌いました。そうしていると、どういうわけか悲しみが癒されました。音楽や歌には癒しの力があるのです。その後、葬儀のミサで、私たちはまた聖歌を歌いました。その教会は母が洗礼を受け、初聖体を拝領し、結婚式を挙げた場所でした。母の人生の旅路は終わりを告げ、父とコニーのすぐ脇に埋葬されました。

ミサの後、友人や隣人といろいろな話をしながら墓地を歩きました。家族の葬儀の際に、時間をとって他の故人の墓参りをすると、現在が過去と結びついていることがわかります。私たち自身も、これまで連綿と続いてきたことの一部なのだと意識するようになるのです。古い墓地は、先祖のことを語ってくれます。テイラー家の墓石の最も古いものは、一六七〇年までさかのぼることができるのです。悲しみに沈んでいるとき、思いがけず慰められることがあります。リスダンガンで行った母の葬儀に、私の住むイニシャノンから、ある友人が来てくれました。その人は、母とは会ったことがありません。でも、数年前に母の肖像画を描いてくれていました。わが家のピアノの上にあった母の写真を見て、記憶だけで描いてくれたのです。母の葬儀に出席するため、遠い道のりをわざわざ来てくれたことに感激し、慰められました。こういうときには、予期していない親切が、ことに身に染みるものです。その人はこう言いました。「お母さんには直接会ってはいないけど、知り合いみたいなもんです。肖像画を描きましたからね。素敵な笑顔の女性でした」

母が逝ってしまうと、静かな寂しさがいつまでも続き、実家を自分の家と思えなくなりました。母は、満足のいく長い人生を送り、トウモロコシの収穫の時期に亡くなりました。母のおかげで私たち姉妹はガーデニングが好きになり、私は、朝いちばんに紅茶を飲むときマグカップを使わなくなりました。わが家の台所の流しの脇に、蓋に一輪のピンクの花が描かれた、緑色の小さなブリキ製の石鹸皿が置いてあります——母が来客用の寝室に置いていたものです。故人が生前大事に使っていた品を使う、そうやって自分を愛してくれた大切な人を偲ぶのは、素敵なことです。

訳注
巡回ミサ——ミサを教区内の一般家庭で行うこと。司祭が家庭を訪問し、友人知人や近隣の家庭の人々が集まっておこなった。
バジル・ヒューム枢機卿——一九二三年～一九九九年。カトリック教会の高位聖職者。

第八章　相談相手（親戚のコン）

語るにたる友と見きわめをつけたら、
たとえ鉄のたがで縛りつけても離すでない
（ウィリアム・シェークスピア著、小田島雄志訳、『ハムレット』四〇頁、一九八三年、白水社）

私たちはみな、生きていく上で相談相手が必要です。コンは聞き上手な人で、私の相談役でした。どうしたら良いかわからないときコンに助言を求めると、いつも必ず問題を解決してくれました。決して偏見を持つことのない公平な人物で、常にバランス良く考え抜いた意見を言ってくれたものです。コンと私は親戚でした。曾おばあさん同士が姉妹で、その縁でわが家にやって来たのです。

数学と理科の新任教員として、わが家から近いバンドンにあるセント・ブローガンズ高校で教えることになったとき、それを聞きつけた古くからの隣人がコンに言いました。「あそこには、結婚してテイラー姓になったのがひとりいるよ。そこを訪ねるといい。世話をしてくれるだろう」そして、その人の言う通りになったのです——ただし、私がコンの世話をするのではなく、私たち家族全員がコンの世話になったのですが。

偶然とは奇妙なもので、コンは私の弟のコニーが亡くなった年に生まれていました。だから、私の人生にコンが現れたとき、幼くして亡くなった弟の生まれ代わりではないかと思いました。

はじめの約束では、バンドンでもっと都合のいい家を見つけるまでの一週間、わが家に滞在するということになっていました——けれども、それから約三〇年わが家に滞在し、家族同然になったのです。当時うちでは、夏の間だけゲストハウスを営み、冬には、地元の学校で教えている三人の若い女性が滞在していました。隣接するお店のスタッフがわが家の台所の食卓を使ったり、隣人が出たり入ったりして、せわしない家でした。夫のゲイブリエルは、教区で起こっているあらゆることに関わっていました。そのためわが家の食卓や、「静寂の間」と呼んでいた、テレビも電話もない、通りに面した部屋で、臨時の会議が行われることもありました。そのうえ四人の幼い息子たちがいて、騒々しさを増していましたが、コンは持ち前の穏やかな落ち着いた性格で、そんなにぎやかな家庭に、静けさというオアシスをもたらしてくれたのです。

ある日、蜂の大群がわが家の庭にやって来ると、コンは養蜂を始めました。うちの大きな庭の、傾斜を登ったいちばん上にある古びたホールの壁に沿って、たちまち蜂の巣箱がずらりと並びました。この古い建物は、かつてはウェズリアン教会の説教用ホールでしたが、当時は蔦が生い茂っていて、南向きの石壁で陰になる部分があり、そこが蜂の巣箱にあつらえ向きでした。それにコンは養蜂家にうってつけの性格の持ち主です。我慢強くて細かいことによく気がつき繊細です。長い夏休みの間、裏庭に張り出したポーチを作業場にして、巣箱を作るという細かい作業に精を出していました。蜂蜜の収穫時になると、様々な色合いの蜂蜜を収穫して得意満面になりました。クローバーやセイヨウサンザシなどの野生の花々から色調の異なる蜂蜜が取れるのです。あらゆる友人知人に分けてやり、残った蜂蜜はうちの店で売りましたが、いつでも需要が供給を上回っていました。

庭の傾斜のてっぺんにあるビニールハウスでコンが栽培していたレタスも、大変な人気がありました。わが家の隣に住む園芸好きのジャッキーおじさんとコンは、どの培養土がいいか、庭で長々と話し込んだものでした。そしてまたコンは、ジャッキーの妻のペグおばさんとは、店の奥の小さな居間で、ふたりで静かにお酒を飲んだものです。ジャッキーとペグが亡くなる前に自宅で何か月も介護したときは、コンも手を貸してくれました。コンの包容力は、ペグおばさんの妹で、わが家で最期を迎えた、変わり者のミンおばさんをも包み込み——ハーリング[訳注]の優勝決定戦の真っ最中に、自分が作った食事に専念させようと、テレビを消しなさいとミンおばさんが命令したとき、戦争が勃発するのを阻止したのはコンでした。義理の兄のビルが死亡したと知らせが届いたときも、ジャッキーおじさんが亡くなったという電話がダンレアリーの施設からかかってきたときも、コンは私と台所にいました。コンは、私たち家族をしっかりと支えてくれる土台だったのです。

私たち夫婦に娘がいないのを、いつもペグおばさんは嘆いていました。だから、ペグが亡くなった後、娘が生まれたときは、ペグからの授かりものだと感じました。四人の息子の後に女の子が生まれ、夫のゲイブリエルも大喜びです！　コンは娘の育ての親になりました。成長するにつれ、コンと娘は互いにとってかけがえのない存在になっていきました。ふたりの祖母とペグおばさんの名をとって、娘にはレナ・シーラ・マレッドと洗礼名をつけましたが、コンは娘をリンディと呼び――言葉を話すようになるとすぐに、娘はコンをコンディと呼ぶようになりました。ふたりは特別な絆で結ばれていました。

コンは物を作るのがうまく、特に木工が得意でした。サンタクロースというものをレナが理解できる年齢になると、コンは娘のために大きく立派な人形の家を作りました。その後何年も、娘はその家で遊んだものです。その年のクリスマスイブの朝、村はずれにある、自分が修繕している古い小屋へ、コンは私を連れて行きました。コンはそこで、人形の家の最後の仕上げをしていたのです――あの素晴らしい人形の家を作ったサンタクロースがコンだったと娘が知ったのは、何年も後のことでした。姉のテレサの形見として受け継いだ、わが家の台所のテーブルが使い物にならなくなると、丈夫な木製のテーブルを作ってくれました。

コンのテーブルは、ティーンエイジャーが寄ってたかって乱暴に扱っても、びくともしないほど頑丈でした。

レナが歩けるようになると、コンは浜辺へ連れて行き、波打ち際をよちよちと歩かせました。もう少し大きくなると、本を買いに連れて行くようになりました。ふたりは「タイタニック号」に興味を持ち、関連する本を何冊も買い込みました。

コンは本が大好きです。美しい装丁の上質の本を集めるのが唯一の贅沢で、コンと一緒に本を買いに行くのを私も楽しんでいました。控えめなコンにとって、本を買うことが自分へのご褒美だったのです。本を買うときは、当然のことですが、まず、どんなテーマのものを買うかを決めます。古代ヨーロッパの歴史から占星術まで多岐に渡っていました。コンの興味の幅は非常に広いのです。本を開くとまず、製本の状態を調べます。縫い目は完璧でなければなりません——糊付けされたものは、その場で却下されます。それから紙の質を調べ、本の背に沿って指を走らせてから、最後に、開いた本の匂いをかぐのです。まるで馬を買い付けるときのように真剣そのものでした。

レナが乗馬を始めると、コンは厩まで送り迎えをしました。競技会の前の晩には、テレビを見ているコンのすぐ足元でレナは馬具を磨きます。悪臭がぷんぷんしていても、決して文句を言うことはありません——コンほど我慢強くない兄たちは、すぐさま部屋から出て行くようレナに告げましたが、そんなときコンは必ずレナの肩を持ちました。そして立場が逆になることがあると、レナは必ずコンの味方でした。レナが高校に通っていた数年間、毎朝コンは通勤前に修道院附属学校へレナを車で送っていきました。高校で履修する科目もふたりで選び、大学の学部もふたりで相談して決めました。息子のうちふたりは、コンが勤務する高校へ通いました。子どもたちが成長するにつれ、家族内で多くなったもめごとも、コンが仲裁してくれました。ゲイブリエルとはブリッジのパートナーを組み、わが家の「静寂の間」でたびたびブリッジの会を催しました。私の姉のエレンが、カナダの厳しい気候から逃れ、冬を過ごすため初めてイニシャノンにやって来ると、このブリッジクラブのメンバーに加わりました。

ある年の、クリスマスに合わせてエレンがアイルランドに戻って来た日のことです。コンは風邪をこじらせたようでした。ちょうど学校が休暇中だからゆっくり休めばいいと、それほど心配してはいませんでした。でも看護師であるエレンが、医者に診てもらうように勧め、コンを病院へ検査に行かせました。型通りの検査を受けに行ったのに、結果を聞くため私たちが呼び出され、家族中に衝撃が走りました。

コンの兄で医師でもあるデニス神父がダブリンからやってきて、病室の先にある小さな事務室で、コン本人と私と共に医師から説明を聞きました。医師は、死を宣告しました。ひどい知らせです。手術をすることもできず、残された時間は短いというのです。まさに青天の霹靂で、全員が大きなショックを受けました。廊下では、ホスピスの医師が待っていて、ホスピスに入るようにと勧められました。けれどもコンは、家に帰ることを選んだのです。

　デニスと私がショックで口もきけないままイニシャノンの自宅へ戻ると、台所でエレンが待っていました。私たちの表情がすべてを語っています。ゲイブリエルが帰宅し、コンの心が休まるようにするにはどうしたらいちばん良いか、みんなで話し合いました。デニスは医師でエレンは看護師ですから、自宅での介護方法はわかっています。コンの寝室にシャワー室をつけることになり、セント・ブローガンズ高校の同僚リアムが、その晩のうちに作業を始めました。

　レナに知らせるのは荷が重いことでした。生まれてからずっと、レナにとってコンは友人であり師匠であり、いろいろな意味で第二の親でもあったのです。ゲイブリエルと私を愛するのと同じくらい、レナはコンを慕っていました。その当時レナは、コンの出身校であるコーク大学の一年生でした。大学は病院の隣にあったため、入院したばかりの頃、レナはよくコンに会いに行きました。コンは五人兄弟で、兄弟はみんなコンのように聡明で心優しい人たちです。ふたりはレデンプトール会の司祭で――デニス神父とパット神父です――何年も前からわが家を訪れるようになっていて、その年はクリスマスにも来ることになりました。

エレンとレナと私は、いつも通りにわが家のクリスマスの準備をし――コンが退院して帰ってきたときに、いつもと変わらないと思ってもらいたかったのです。キリストの誕生の様子を再現した人形にクリスマスツリー、火を灯すばかりのキャンドルが待つ家に、コンは戻ってきました。「静寂の間」の暖炉の前に普段どおりの穏やかな様子で腰かけ、セント・ブローガンズ高校の親しい同僚がお見舞いに来ました。

クリスマスイブには、みんなでキャンドルに火を灯し、毎年している通り「きよしこの夜」を歌いました。いつもと同じクリスマスに思えます。けれども、そうではなかったのです。コンにとって最後のクリスマスになると、みんなにはわかっていました。全員が、できるだけ普通に振る舞っていました。おおげさに騒ぎ立てることをコンは最も嫌うからです。でも、心の中は切ない気持ちで一杯でした。不安定な感情のバランスをなんとか保とうと、全員が必死になっていたのです。その晩、丘の上にある村の教会でデニスとパットが深夜のミサを行ったため、どういうわけでふたりが村に来ているのだろうという噂でもちきりになりました。哀愁を帯びてはいても、優雅で崇高なイブになりました。

クリスマスの朝、デニスとパットはうちの台所でミサを行い、コンが聖書を朗読しました。美しく痛ましい光景でした。私の心の中で傷がぱっくりと口を開け、この先起ころうとしていることを頭の中から締め出すことができません。その後の夕食の間、コンはみんなと同じことをすることができ、夜、いつものようにトランプのハンドレッド・テンをしている間も、小康状態を保っていました。ひょっとして、まだ時間は残されているのかもしれないと思ったほどです。コンの大好きな五月まで持ちこたえ、養蜂を始めることもできるのではないかと期待しました。

クリスマスの後、デニスはダブリンへ戻って行きました。イニシャノンに長期間滞在するための手続きをしに行ったのです——けれども、長い期間は必要ありませんでした。翌朝、コンの呼吸がおかしくなり、病院へ運ばれたのです。兄たちがイニシャノンに戻り、寝ずの番が始まりました。でも、ほんの数晩続いただけでした。ある晩、コンは私たちの世界からゆっくりと出て行きました。デニスが枕元に静かに立ち、美しく重々しい、死者を弔うための祈りを捧げました。

旅立ちなさい　人間の魂よ
この世から出発しなさい　キリストを信じる魂よ
天主の聖人よ　助けに来てください
主の天使よ　出でてお迎えください
旅立ちなさい　キリストを信じる魂よ
この世から　家族から　友人から　家から旅立つのです
あなたを形づくり　命を与えた　父なる神のみ名において
あなたのために命を捧げた　聖母マリアの御子イエスのみ名において
あなたの心に注がれた　聖霊のみ名において

今あなたのいる場所が　天使と聖人
すでにこの世を去った親族のいる天国でありますように
あなたが神のお姿を見ることができますように
あなたが永遠の命と平安にあずかることができますように
慈しみ深い羊飼イエスが　あなたを忠実なしもべとし
平和の流れへと導いてくれますように
あなたが永遠の安らぎの中で眠れますように

アーメン

すべて終わったのです。コンはその生き様と同じように、ほとんど騒ぎ立てることなく息を引き取りました。コンの故郷から葬儀屋がやってきて、コークの病院からイニシャノンのわが家へ戻る旅支度を整えました。夜明け前、デニスと私は霊柩車の後について、まったくひと気のない通りを運転していきました。自宅ではコンをすぐに迎え入れようと、ゲイブリエルが玄関のドアを開けて待っていました。私たちはコンの棺を、部屋の隅に安置しました。何年もの間、コンがレナとチェスをして遊び、一緒に試験の答え合わせをし、アイリッシュ・タイムズ紙のクロスワードを楽しんだ場所でした。

近くの隣人たちが何人かやって来ました。みんなでひざまずいてロザリオの祈りを唱えました。こんなときロザリオの祈りを唱えると、気持ちが落ち着きます。みんなで同じ言葉を繰り返すことが呪文のような効果をもたらし、心を落ち着かせるのです。人の死に直面すると、言葉が意味をなさなくなります。深い悲しみに沈むとき、人はおのずと無言になるのです。

それでも翌日は、部屋は話し声で満たされました。同僚の教師や故郷の知人たちが大勢やって来たからです。告知されてから亡くなるまであまりに急だったため、同僚や教え子の多くはまったく知らされていませんでした。クリスマス休暇前にコンと別れたばかりの少年たちは、棺に横たわる姿を悲痛な面持ちで見つめています。死は、誰の心にも衝撃を与えますが、特に動揺するのは若者なのです。夜になり、棺のふたが閉じられると、すすり泣きが部屋中に響きわたりました。レナの気持ちを思い、私は胸がはりさけそうでした。

教え子たちが儀仗兵のように並んで見守る中、まずコンの兄弟が棺をかつぎ、その後私の息子たちに引き渡し、家の裏手の坂を上ったところで待つ霊柩車へと運んでいきました。寒い一月の、星をちりばめたような夜空の晩でした。マックルームを通り、キャリガニアを走り抜ける霊柩車の後について私たちも車を走らせ、コンが子ども時代を過ごしたボアービュー村へと向かいました。翌朝、コンの兄弟がミサを行ったあと、コンは両親の隣に埋葬されました。姉妹だった私たちの曾祖母がコンと私を引き合わせてくれ、長い間、コンはわが家に恵みをもたらしてくれました。

その晩帰宅し、勝手口から家に入ろうとすると、ポーチの隅の小さなテーブルの上に、服用せずに終わったコンの薬がきちんと積み重ねられているのが目に入りました。役立たずの薬の箱を見ていると、やり場のない怒りが込み上げてきました。私は、薬の箱を床へ落とし、かんしゃくを起こして泣きわめきました。そして落とした箱を拾い上げ、今度は憎しみを込めてテーブルに叩きつけたのです。何よ、こんなもの役立たずのゴミくず！　決壊したダムのように怒りが押し寄せてきます。そして、ゆっくりとおさまっていきました。疲れ果てた私は、腰掛けて長い間泣きじゃくっていました。

葬儀の後しばらくはかなりつらいものです。まるで、大手術で内臓をすべてえぐり出されたように感じます。悲しみに対処する方法はなく、立ち直るすべを見つけることなどできないように思えます。そんなとき、自分の気持ちを理解し、愛情を持って接してくれる人々が周りにいるのはありがたいことです――「物知り顔」で指図する人間や自分の家族が亡くなったときのことばかり話す「自己中心的」な人間から、神が私たちを守ろうとしているのです。こんなとき、そばにいて欲しいのは、話を聞いてくれる人です。私は姉のエレンと何時間も話しました。

姉のフィルが、母のミシンをわが家に持ってきてくれました。奇妙に聞こえるかもしれませんが、どういうわけか裁縫が効いたのです。暖かい台所で、私たちは縫い物をしました。

悲しんでいると、なぜか体が冷えきってしまうからです。それからフィルは私を庭へ連れ出しました。ふたりで地面を掘り起こしたり、木を刈り込んだりしましたが、初めは、むき出しの地面に突っ伏して泣きわめきたい気持ちで一杯でした。何日か刈り込みを続けた後、殺風景な庭を眺めて思いました。まるで私みたい。骨ぎりぎりまで刻まれちゃって。

それから私は「あのとき、なんでこうしなかったのだろう」という後悔の念にとらわれました。コンの具合があれほど悪かったのに、どうして気づかなかったのだろう？　だって、何か月も前から顔色が悪いと思っていたのよね、と後から私に告げてきた「医師もどきの専門家」もいましたから！　どうして、この私が気づかなかったのだろう？　なぜもっと気をつけてやれなかったのだろう？　どうして？　なんで？　ああいったい？　もちろん、こんな自責の念に答えなどありません。

コンの身の回りの物には、何か月も触ることができませんでした。ところが、学校が書類を返して欲しいと言ってきたのです。コンは授業の時間割を組む担当をしていたので、その資料を持っていたからでした。必要に迫られ、私は所持品の整理を始めました――でも、まだ時期が早すぎました。こういうことをし始めるのは、しばらく時間がたった後が良いのです。亡くなった人の物を整理するのは、胸が締めつけられるような作業なのです。だから、始める前に心の傷を癒す時間が必要です。

その後
その人の部屋は
人生を語る
一冊の本

穴のひとつひとつに
思い出が
たっぷり詰まった
ハチの巣箱

その人は集めていた
硬貨を
家系図を
稀覯（きこう）本を
それに切手を

その人の部屋は
人生のような
興味深い一冊の本

私はその本の
ページをめくる
子ども時代まで遡り
大事にしていた
小物をのぞく
私はたどる
その人が歩んできた
聖なる道を

姉のテレサが、当時パリに住んでいた息子を訪れることになり、夫のゲイブリエルに姉のエレン、それに私も同行することになりました。私には、あまり好ましいこととは思えませんでした。家族を亡くしたときは、自宅で静かにしている方が良いと思うのです。何年も前に、リストウル作家週間の催し[訳注]で会ったブライアン・マクマホン[訳注]もそう言っていました。妻を亡くしてすぐにアメリカへ出かけて行ったことで、むしろ悲しみがひどくなり、立ち直るのに時間がかかったというのです。本当に、その通りでした。

私は、悲しみでもうろうとした状態でパリを歩きました。到着した晩、セーヌ川の船下りに出かけたのですが、流れ出る涙を見られたくなくて、いちばん奥の席に腰掛けました。いつもなら、オルセー美術館の印象派の絵画を見るのはこのうえなく嬉しいことですが、その絵画も、目の前を通り過ぎていくだけでした。

その中である作品が、目に留まりました。その絵画の前で、私は立ち尽くしていました。たったひとりで猛吹雪の中をもがきながら進む、腰の曲がった人物が描かれていたのです。孤独とみじめさが表現されていました。絵の中に私は自分の姿を見たのです。その瞬間、画家と私の波長がぴたりと合いました。創造性の持つ力とは、こういうことです。美術であろうが、音楽や詩であろうが、時代を超え、何十年もの時間や隔てをものともせず、創造性は人と人とを結びつけることができるのです。その絵のことは、生涯忘れません。

その後ノートルダム寺院に行くと、鍵盤を叩きつけるような力強いオルガンの音色が響いていました。その激しい音に私の悲しみはのみ込まれていきました。燃えるような激しい音楽には、魂の苦痛を一時的に封印する何かがあります。腰かけたまま、向かいの席に目をやると、母と娘が坐っています。表情を見て、あのふたりも家族を亡くしたのだとすぐにわかりました。喪に服している人の顔には、悲しみがこびりついているのです。

イニシャノンに戻って自宅の玄関のドアを開けたとたん、わが家の料理の香りが迎えてくれました。静寂の間では暖かい暖炉が待っていました。私たちが帰宅するのを迎えるため、テレサの娘のエイリーンがわが家に来てくれていたのです。暖炉のそばに腰を落ち着けると、ほっとした拍子に涙がこみ上げてきました。悲しみから立ち直り、心を落ち着かせるのにふさわしい場所は、やはりわが家だったのです。

コンが亡くなってから数か月の間、私は奇妙な夢を何度も見ました。私が湖のほとりに腰かけていて、手にロープを握っています。ロープの先には、湖に浮かぶ船がつながれていて、船の中にコンが坐っているのです。そのうち、何か月もかけてゆっくりと、その夢は色あせていき、とうとう現われなくなりました。私が、コンの死という現実を受け入れたから夢を見なくなったのかしら、と不思議に思っています。

空虚

共に暮らしていたその人は
聞き上手で　物静かな存在
逝ってしまうと

優しさで満たしてくれた毎日に
冷たい風が吹き込んだ

大地の癒し

聖土曜
キリストはお墓の中
私の心に
棘が突き刺さる

村はずれの
丘の堅い地面に
私たちは木を植える

凍てつくみぞれの中
深い穴を掘る

腰が痛くなるつらい仕事

けれども痛みが
穴に流れ込み
褐色の大地に
吸い込まれていく
大らかな優しい大地が
痛みを和らげてくれる

訳注
ハーリング――ホッケーに似たアイルランドの伝統的球技。
リストウル作家週間の催し――ケリー州リストウルで毎年開催される文芸フェスティバル。
ブライアン・マクマホン――一九〇九年～一九九八年。アイルランドの劇作家、小説家。

第七章　柔軟な精神（夫ゲイブリエル）

あなたは艶消しの金
共に暮らしていくうちに
温かく磨かれた
若い娘の無邪気さで
私はあなたを愛した
そして内面に深みがあるということを
しだいに悟った

結婚とは、競馬の障害競走で馬に賭けるのに少し似ています。勘を頼りに勝算を巡らせても、勝ち馬に賭けたかどうかはコースを半周ほどしないとわかりません。それまでに、あなたは様々な障害に遭遇しているでしょう。どうにか乗り越えたものもあれば、つまずいてしまったものもあります。そうしながら、良い時も悪い時も夫婦でやっていくことができるかどうか試しているのです。疲れてベッドから出たくないのに、泣きわめく赤ん坊をあやしてへとへとになる晩もあるでしょう。互いの両親が交わるようになります。相手の親戚ともつき合わなければなりません。双方の親や親戚がどんなつき合いをするかも見ることになるのです。

別の家族の一員になることは、バラの株に新しい一枝を接ぎ木するようなものです。接ぎ木は繊細な作業で――元の株に活力を与えることもあれば、枯らしてしまうこともあります。組み合わせが正しければ、よく根の張ったバランスのとれた木になります。すると新たな芽が次々に出てきて、人生のどんな嵐にも耐えられるようになるのです。

私たちが結婚したばかりの頃、夫の養母のペグおばさんは、息子の嫁をもう少しまともな人間にしてやろうと考えていました――これは、正しい判断だったかもしれません。でも、当時の私にはありがた迷惑でした。一方、養父のジャッキーおじさんは私を気に入ってくれ、私も、会ってすぐにジャッキーが大好きになりました！　いま思い起こしてみると、当時の私は女優気取りだったように思います。外見ばかりを気にして、容姿を美しくすることに囚われていたのです。ゲイブリエルを常に近くに置いて自分の思い通りにしようとしていて、ある友人に「夫の腕にべったりくっついて離れようとしないのね」と言われたほどです――もっとも、ゲイブリエルはまったく取り合いませんでした。教区内で行われるあらゆる活動に関わっていたので、ほぼ毎晩ミーティングで出かけていたのです。最初のうち、私はそれが嫌でたまりませんでした。夫にちやほやしてもらいたかったのに、夫は自立できる妻を求めていたのです。

しがみつく

僕に
しがみつかないで
木にからみつく
蔦のように
僕は力を消耗し
君は何もできなくなるだけ
しっかりとひとりで立って
そしたらふたりで成長できる
力強い二本の木のように
互いを守り
根をからめ合って

結婚した最初の一年で、私はいろいろなことを学びました。感情をむき出しにして非難する私の言動を、健全な精神で耐え忍んでくれたゲイブリエルを、本当にありがたく思っています。ゲイブリエルは、ジャッキーとペグにとって完璧な息子でしたし、私の母も彼をよく知るようになるとすっかりファンになりました。受け入れてくれました。親切で心の広い夫は、私の家族全員を心から受け入れてくれました。ゲイブリエルは素晴らしい人間だと誰もが口を揃えて言い、あら率直な物言いの姉は、私にこう言ったほどです。「ゲイブリエルと結婚するまで、あんたはまったくの役立たずだったわね。あの人はあんたを上手に変えてくれたわ」――この意見にはまったく同意しかねますが、本当のところは、的を射ているのかもしれません。

結婚の最大の利点は、自由が手に入ることだとゲイブリエルは教えてくれました。夫は寛大で決断が早く、すぐさま何かを決めなければならないときも、躊躇することはありませんでした。それに比べて私は、なかなか決断できないたちでした。

夫には、ひとつだけ大きな欠点がありました。スピード狂だったのです。もしこの時代に生きていたら、交通違反の点数を稼ぎすぎて、家から一歩も出られなかったでしょう。夫は、いろいろな年齢の子どもたちを大勢連れて、よくスポーツ観戦に出かけました。もちろんうちの子も一緒です。ハーリングの優勝決定戦で地元のチームが破れようものなら、帰りはむっつりと黙り込んでナース大通りを危険きわまりないスピードでぶっ飛ばします。助手席に坐っている私の血圧も、スピードメーター同様、急上昇するのでした。

ゲイブリエルは、次々に新たなことに挑戦したがる性分でした。私たちはふたりで、自宅や店やゲストハウスをどんどん増築していきました。私が突拍子もないアイデアを思いつき、実現できるかどうか思案していると、夫は私の不安を吹き飛ばし、やってみるようにと背中を押してくれるのです。なんでもできると思わせてくれる人でした。

私があなたの人生を照らす
あなたがそう信じた
だからできた

私は何でもできる
あなたがそう信じた
だからできた

愛に満ちあふれている
あなたがそう信じた
だからそうなった

私は美しい
あなたがそう信じた
だからそうなった

水の上を歩くことができる
あなたがそう信じるなら
私にはきっとできる

星に手が届く
あなたがそう信じるなら
私にはきっとできる

愛が私にそうさせる
できないことができ
届かぬものに手が届き
困難なことも成し遂げる

心の中に隠れた小箱
その蓋を開けるダイヤル番号が
愛に秘められていた

私が執筆を始めると、夫は全面的に応援してくれました。自分のことをあけすけに書かれても腹を立てることもなく、人が私を訪ねて来ると丁寧に応対してくれました。テイラーさんのご主人と呼ばれると、面白がって、こんな冗談を言ったものです——結婚して君が村にやってきたときは、「ゲイブリエルの奥さん」って呼ばれたのに、今では僕が「あのアリス・テイラーのご主人」になってしまったね！

ゲイブリエルは毎日長時間働き、早朝には、その日配達するための郵便物と新聞を取りに行きました。ウォーキングが大好きで、毎日五、六マイルは歩いていました。イニシャノン村を心から愛していて、「きれいな町コンテスト[訳注]」が始まると村をきれいにすることに心を注ぎ、店を開ける前に朝早くから村中を歩いて落ちているゴミを拾いました。また、教区にブリッジクラブが結成されるとすぐに常連になり、週に二、三晩は出かけて行きました。

ところが、ある十一月の朝、すべての活動がガシャンと音を立てて崩れ、停止してしまったのです。早起きして新聞を取りに行こうとしたゲイブリエルが、店の床にバッタリと倒れたのです。すぐさま救急車を呼び、姉のエレンと私も同乗してコーク大学病院に向かいました。けれども、意識は回復しませんでした。私たちは二日間、ゲイブリエルの枕元で回復を願い、祈り続けました。親戚が国中のあちこちから集まって来ました――そして、すべてが終わったのです。

その部屋は
死のあとの
静けさに
すっぽりと包まれている

その人は
閉ざされた
聖なる静けさの中へ
逝ってしまった

大いなる神秘の
その入り口に

私たちは
なす術もなく
立ち尽くしている

大切な友人のコンが亡くなったときのように、ゲイブリエルをすぐにイニシャノンの自宅に連れ帰ろうとしたのですが、今回はコンのときとは別の病院で、勝手が違いました。そこで、翌朝の未明に私たちだけで帰宅するしかありませんでした。静寂の間の暖炉を囲み、みんなで泣きました。それでも、葬儀をどうするか相談しなければなりません。それから棺を選びに葬儀屋へ行きましたが、ひどいショックと疲労のせいで、目には涙があふれ、棺をよく見ることができませんでした。

それからしばらくして、病院のすぐ西側のバンドン通りの、古い陸橋のところでゲイブリエルを乗せた霊柩車と落ち合い、そこからイニシャノンの自宅までゲイブリエルの後を車でついていきました。息子たちが棺を、通りに面した部屋へ運び入れ、そこで棺の蓋が外されました。ぐっすり眠っているようです。よそ行きの灰色のスーツを身に着け、大切な指輪――ゲール語をマスターしたと認定されて贈られたもの――をしています。それに、ゲーリック体育協会[訳注]のネクタイにパイオニア禁酒協会[訳注]のタイピンを付けています。生前はずっと熱心な体育協会の会員で、地元でも地区でも役員になり、審判もしていました。そして今、試合終了のホイッスルの音でフィールドを走り去って行ったのです。

一日中、友人や隣人が出たり入ったりしていました。台所を取り仕切る者もいて、ケーキなどの食べ物がひっきりなしに勝手口に届けられました。親切な隣人たちが、サポートシステムを造り上げていました。棺の周りに集まった隣人たちは、コミュニティの中心的存在だった夫の、生前の思い出話を交わしていました。ハーリングの試合や村の様々な出来事が話題に上がりました。長い間夫は村でただひとつの雑貨店と郵便局を営んでいて、若い頃から、教区内の家庭へ電報を配達していました。だから、教区の家族はすべて知っていましたし、どんな小さな裏道にも通じていたのです。古くからの友人が、教区の隅々からやってきます。村の新興住宅地に人が引っ越してくると、迎えるのはゲイブリエルでした。だから、新入りの村人たちも来ていました。はじめのうち、邪魔になっているのではないかと、彼らは心配していたようです。というのも、この地方の通夜とはどんなことをするのかよくわかっていなかったからです。教区内には、うちの店でアルバイトをしたことのある若者が大勢いました。彼らもやってきて、初めてのアルバイトでゲイブリエルに親切にしてもらい、共に楽しく働いたことをなつかしんでいました。

私は、現実ではない夢のあぶくの中をうろついている気分でした。まるで、自分の身体から抜け出し、誰か他の人間が弔問客からあいさつを受け、手を握り合っているのをぼんやり眺めているようでした。お通夜とは悲しいものです。でもその一方で、どういうわけか現実に起こったことを心の隅々まで浸透させるのにちょうどよい時間でもあるのです。死については、私たち人間にはわからないことばかりです。だから死に直面すると、暗闇の中を歩いているように感じます。あまりにむごたらしくて、心は受け入れることができません。身体は機械的に物事をこなしていても、心の奥深くは麻痺しているのです。

死という重い現実が心に浸透するには、静けさとひとりの時間も必要です。その晩、私たち家族は短い睡眠をとり、隣人が交代で寝ずの番をしてくれました。翌日は、時間がのろのろと過ぎていき――私は、ゲイブリエルがわが家から旅立つことになっている夜が来るのが嫌でたまりませんでした。とうとう闇が降りてきて、棺の蓋を閉じるときがやってきました。

ロザリオの祈りを終えると、みんなぞろぞろと出ていき、家族だけが棺の周りに残りました。娘のレナや息子たちの気持ちを考えると、胸が苦しくなります――夫は子どもたちに限りない愛情を注いでいたからです。これほどの愛をこの子たちに注いでくれる人間は、もう現れないのです。葬儀屋が棺の蓋を閉じると、私の人生を価値のあるものにしているいっさいが、共に葬られるような気がしました。

四人の息子が棺をかつぎ、玄関から通りへ出て行きます。その後、ハーリングクラブのメンバーが棺を引き継ぎ、坂の上の教会へと運びました。明かりの灯った教会が視界に入ると、なんだかほっとした気分になりました。ゲイブリエルはこの教会を愛し、毎朝ミサに通っていたのです。教会の再建にも力を尽くし、今、その教会が新築同様の状態で夫を迎え入れるようとしていました。

そして葬儀につきものの、会葬者との握手が始まりました。「お越しいただきありがとうございます」と言いながら、ひとりひとりと手を握り合うのです。アイルランドのこの習慣には、いつも少々戸惑いを感じます。意味のない行為に思えることがあるからです。もっとも、心からの気持ちが伴っていれば慰めにもなりますが。ある少年が、息子のマイクの前に出てきて無言で強く抱きしめました。マイクは少年のチームのコーチをしています。気持ちを言葉にすることはできなくても、マイクを慰めたかったのでしょう――実際、マイクはこの行為に慰められたのです。疲れ切った心には、こんな小さなことが慰めになるのです。

翌日のミサは不思議なほど美しく、私を慰めてくれました。ミサを執り行ったのは、コンの兄のパット神父でした。もうひとりの兄のデニス神父はアメリカにいて、連絡がつかなかったのです。コンの葬儀はクリスマス休暇中でした。ゲイブリエルはそのときパットに、ゲール語の辞書を一冊手渡し、ゲール語の祈りの言葉を教えていました。そのゲイブリエルの葬儀でパットは、故人が愛して止まなかったゲール語で祈りを捧げたのです。それからパットは私たちに、この死を悼み、受け入れて前へ進むようにと語りかけ、そして、ゲイブリエルの魂の旅路を心の中で共にたどろうと呼びかけました。その後、姪のトゥラーサが「ピエ・イエズ」を歌うと、美しい声が響き渡り、そしてしばらくその余韻が残りました。教会内にあふれんばかりに漂う哀愁が、ゲイブリエルの命の終わりと力強く混じり合っていきます。魂が身体から切り離されるとは、人間の理解を越えた、大変な苦しみを伴うことなのだ、聞いているうちに、そう思えてきました。その歌の悲痛な叫びが、苦痛にあえぐ心と呼応したのです。それまでわからなかったことが、そのとき初めて理解できました。深い悲しみは、思いもよらないときに襲ってきて、幸せに亀裂を生じさせます。それでも、美しい教会音楽を聞くと心が落ち着くのです。音楽が私たちを神の国と結び合わせてくれるからです。

教会の鐘がゆっくりと鳴り響く中、ブリッジクラブのメンバーに付き添われた棺が、ジャッキー夫妻の墓の隣へと運ばれていきます。そして、棺が大地の中に安置されようというとき、私は思いました。この隣に入るのは、私なのだわ。

埋葬が終わると、トゥラーサがみんなをリードして、ゲイブリエルの好きだった「キャリドーン」を歌いました。この曲が大好きだった夫は、キャリドーンの谷間を車で通るたびに歌い出し、子どもたちが幼かったころは、歌いながらスピードをゆるめて大きな岩の上の方に描かれている白い馬を見せるのでした。

自宅へ戻ると大勢の人であふれていて、「台所係」がすべてをきちんと取り仕切っていました。その日は、みんなでおしゃべりしたり泣いたり慰め合ったりしていて、もし通りがかりの人が窓から中をのぞいたら、親戚中が集まるパーティだと思ったことでしょう。けれども、家族の中心的存在が逝ってしまった今、前途には長くてつらい道のりが待ち受けているようでした。

葬儀が終わってしばらくはつらい日々が続くということが、よくわかりました。姉のエレンが好む言い回しですが「同じ立場に身を置いてみなければわからない」のです。夫を亡くしたとき、最愛の姉がそばにいてくれて、私は本当に幸運でした。私は姉とおしゃべりし、一緒にパンを焼き、涙を流しました。自分と波長の合う人が、悲しみの道を共に歩んでくれるのはありがたいことです。ただし、自分の魂と完全に調和する魂の持ち主でなければなりません。どういうわけか、私は編み物をしようという気になりました。うまく説明できませんが、暖かい暖炉の脇に腰かけて編み物をしていると、痛みが和らぐのを感じました。まったくものにならない代物ができあがりましたが、それはどうでもよいことでした。悲しんでいるときは、何が効き目があるかわからないものです。同じ経験をしたある友人の助言に従い、静寂の間の暖炉に毎日火を起こし、そのすぐ脇に腰掛けました。悲しんでいると、骨の髄まで冷え切ってしまいます。暖かい暖炉の火は、体の冷えを取り除いてくれるのです。

　クリスマスが近づいていて、私は不安に苛まれていました。ある晩、しんと静まり返った家の中で時間を持て余していた私は、古ぼけた小さな戸棚の戸を開けました。すると中には、家族全員用のクリスマスプレゼントがきちんと包装されて入っていたのです。ゲイブリエルが用意して隠しておいたものでした。夫は毎年の「公現祭」[訳注]——一月六日の「女性のクリスマス」——には、エレンと私に絵画用のキャンバスをプレゼントしてくれました。戸棚の中には、新しいキャンバスもすでに用意されていたのです。私は、魂を揺さぶられたように感じました。

クリスマスの二、三日前、自宅にいた私は、キリストの誕生の様子を再現した人形をひとりで飾ってみようと思い立ちました。私は電気系統を扱うのが苦手なので、ライトアップするための電球をつけるのは、ゲイブリエルの仕事でした。その晩はすべてうまく進み、人形の姿が照らし出されると、私は満ち足りた気分になりました。そして、ひとりでもクリスマスは大丈夫、そう思えてきたのです。

クリスマスの晩、深夜のミサが終わると、レナと私は人気のない村の中を川まで歩いて行きました。橋の上に来ると、欄干にもたれて、ひっそりと流れる川をじっと見つめました。静かに流れる水は、心の苦しみを和らげてくれます。その晩遅く、聡明な思想家のジョン・オドノヒュウが死の意味について語るＣＤを聞きました。『Beauty : The Invisible Embrace（美、見えざる抱擁）』コレクションの一枚です。このコレクションは数週間前に購入していて、この一枚以外はすべて聞いてしまっていました。でもこのＣＤだけは、怖くて聞くことができなかったのです。しかしその夜は、おっかなびっくり、このＣＤをかけてみました。聞いたら気分が悪くなるのでは、と思っていたのですが、そのときはなぜか聞きたい気持ちになり、聞いてみると心が癒されたのです。それ以来、繰り返し聞いていますが、大きな慰めになっています。

その後、ときどきゲイブリエルの夢を見るようになりました。夢の中で夫は生きているのですが、同時に私には、夫が他界したのがわかっているのです。私は、この世に戻った気分はどうかとゲイブリエルに尋ねます――夫の死を乗り越えようとしている一方、夫の新たなあり方をも受け入れようとしているのです。その頃はよく泣きました――泣きながら眠りに落ち、夜中に泣いて目を覚ますのです。落ち着いた静かな寝室で泣くことができると、心が休まりました。泣くことで、心の痛みが和らぐからです。悲しみは、リー川にあるイニシュカーラダムに少し似ています。水圧を緩めるために、ときどき水を放つ必要があるのです。

「あのとき、どうしてこうしなかったのだろう」という後悔の発作にも襲われました。もっと夫に優しくしていたら！　夫の優しさを当然と思っていなければ！　夫の言うことにもっと耳を傾けていたら！　こういう思いが体中を駆け巡り、後悔の念で息ができなくなりそうです。寛大で思いやりのあるゲイブリエルの善意を、当たり前のように考えていたのです。夫は、私みたいにわがままを言うこともありません。私たち夫婦のうち、夫が与える人で、私はもらう人でした。私は後悔の念にさいなまれました。

　ある日、友人と食事に出かけた先で、テーブルに置かれていた、キジの描かれたナプキンを手に取りました。私はキジが大好きなのです。あとでレナに電話をかけ、コーク・アート・ショップから、大きなキャンバスを買ってきてくれるよう頼みました。翌日の朝早くから、私は絵を描き始めました。一日中描いていました。一月はじめのその寒い日は、テレビン油と絵具を目の前にしてもうろうとした状態のまま過ぎていきました。絵を描くことで、私は精神的苦痛から初めて解放されました。庭仕事をするには気温が寒すぎ、文を綴ることもできず、家事をする気にもなりません。でも、描くことはできたのです。ああ、ありがたい！　大きなキャンバスを前に、何日も没頭していました。傑作が完成したとはいえませんが、それはどうでもいいことでした。油絵を描くことで、あの寒い一月の日々を乗り切ることができたのです。

一月末、マーマレードにするためのオレンジが売りに出される季節になりました。私は、今ではマーマレード作りを楽しんでいますが、その年は、意を決してオレンジを買い込み、よしやるぞという気持ちで作り始めました。エレンとふたりでオレンジを煮ていると、マーマレードの香りが台所いっぱいに広がり、心の中で痛む悲しみの塊がやわらいでいくのを感じました。死の悲しみを乗り越える道のりには、いくつもの小さな段階があります。創造的なことをするのも、そのひとつになるのです。

春の最初の息吹を感じるようになると、私は庭へ出てみました。あらゆるものの中で、大地が最も癒しを与えてくれます。血の流れに浸み込んで、心をほぐしてくれる何かが、大地にはあるのです。何時間も地面を掘り起こしていると、私はいつも気分が良くなります。なぜかはわかりませんが、効き目があるのです。私は庭を造り変えることにしました。何日もかかって芝生をはがし、その部分に交互に花壇と敷石を置きました。骨の折れる仕事で腰が痛くなりましたが、ありがたいことに、おかげで毎晩へとへとに疲れ、ぐっすり眠ることができました。しかしそれでも朝早くから目が覚め、夜明けの灰色の光が窓から差し込むのをじっと見つめていました。癒し系のカセットテープやCDをかけ、ジョン・オドノヒュウの話に耳を傾けました。悲しみという強固な城砦をよじ登るための足掛かりが見つかると、私は必死になってすがりつきました。そうしなくてはならないのです。探し求めているうちに、手がかりは見えてくるのです。

登り続ける

私は這い上がる
黒い岩の
悲しみの表面を
不屈の精神で
足場を探しながら
岩の突き出た部分を
しっかり握りながら
もし滑ったら
無へ転げ落ちるから

でも登り続ければ
そこにあなたがいる
地上を照らす
太陽の光の中に

寒い夜明け

灰色の光が射し込み
現実という刃が
目覚めた心を
鋭く切り裂く
冷たい孤独が
無防備な私を襲う

私もこの世を作っている
全体の一部だから
立ち直る勇気を

奮い起こすことができるだろうか？

ひとりで何もかもしなければならないことが、はじめは苦痛でした。こんなことをして何になるの、と思うこともよくありました。

裏庭

昨日裏庭をきれいにした
そのあいだ中　心は痛む
熱い涙がホースの水に落ちる
あなたがつないだホースだから

日常のなにげないものに
あなたのいない寂しさが募る
庭がきれいにさっぱりした後
「こんなこと、やっても無駄」とひとりごと

腰かけてぼやくなんてこと
あなたは決してしない
あなたなら前へ進む
だから私もそうしなくては

残酷なこの悲しみを
乗り越えなければならない
歯を食いしばって耐えていれば
いつかこの記憶は
見事な花かごに変わるだろう

初めてひとりで出かけたとき、なんともいえない寂しい気分になりました。

ギャップ

そこはふたりで行った場所
ひとりで行くと

広すぎる
帰りたい
閉じこもりたい
涙をこらえずに
済むところに
平気な素振りを
しなくていい場所に

かすかな癒し

「リストウル作家週間の催しに行ってごらん
気が紛れるかもしれないよ」
そんなはずない！　そう思った私
そこでは作家たちが
ファンタジーの世界を創り出す

私も現実を忘れて入り込む
家に帰ってからも
かすかな癒しに
包まれていた

訳注
きれいな町コンテスト――アイルランドの環境省が企画するコンテスト。毎年、清潔で最も魅力のある町が選ばれる。
ゲーリック体育協会――アイルランドの伝統的スポーツの統括と普及を目的とする団体。ゲーリックフットボールやハーリングなどを扱っている。
パイオニア禁酒協会――ダブリンに本拠地を置く、カトリック教徒のための、禁酒と禁煙を勧める団体。
公現祭――カトリック教会で、一月六日に行う祝祭。東方の三博士がベツレヘムに誕生したキリストを訪れたことを記念する。

第八章　世のはじめさながらに（姉）

エレンは実家が大好きでした。巣から遠くに飛び立つべきではなかったのです。彼女は結婚してカナダに移り住んだのですが、自分の根っこをすべて移してしまうことはなく、しばらくの間は、毎年夏になるとアイルランドに戻って来ていました。一人っ子のカナダ人と結婚したので、カナダに親戚が少なく、エレンの子どもたち、特に娘のケリーは、アイルランドのいとこたちと親しくしながら成長しました。そのいとこたちも、ケリーを家族の一員とみなしていました。だから、何年もの間行ったり来たりしていたエレンが、カナダの大雪を嫌がり、アイルランドで冬を過ごすことにしたのは、自然なことでした。トロントで夏を過ごし、秋になるとイニシャノンにやってきて、春にはまたカナダへ戻って行くのです。逆向きに渡るツバメだね、私たちは冗談を言い合いました。

五人姉妹であることを、私は常に嬉しく思っていました。姉妹の間には、強い絆があるのです。幼い頃は、全員が親しい間柄でした。それが、年月と共にひとりひとりが別々の方向へと進み、自分の家族を持つようになると、結びつきが自然に緩やかになりました。けれどもエレンがイニシャノンに来るようになると、私たちはすぐに昔の関係に戻ったのです。ずいぶん前に中断していた、針を刺したままの編み物を拾い上げ、編み目をやすやすと見つけてまた始めるようなものでした。私たちは、同じジャンルの本やテレビ番組を好み、あらゆることについて何時間でも話しているのでした。エレンは政治に——地方、国、世界の政治すべてに——強い関心を抱いていて、地球上のすべての政治の動きについて、最新の情報を取り入れていました。庭仕事と絵を描くことが、私たちの共通の趣味で、屋根裏のアトリエで何時間も絵を描き、お互いの進み具合を確認し合っていました。

イニシャノンに来て住むようになったエレンは、村の人々と交わり、村で行われるあらゆる活動に参加して楽しむようになりました。狭い社会の様々なしがらみにはいつも目を丸くして、困惑気味にこう言ったものです。「こんな小さな村では、サバイバルするのが大変よね」にもかかわらず、小さなコミュニティの人々が、あらゆることで互いに助け合い、地域のために力を尽くしていることに感心して、こうも言いました。「イニシャノンの人たちって、すごいのね」

エレンと一緒にいろいろなことをしましたが、中でもエレンがいちばん楽しんだのは、ロスモア演劇祭りでした。毎年三月に行われるこの祭りには、十日間の開催中、毎晩ふたりで通いました。コーク西部の奥にある小さな劇場で、アイルランドで最も質の高いアマチュアのドラマがステージを飾るのです。アイルランド人や他国出身の作家の筆による演劇作品の水準が素晴らしく高いことに、エレンは驚いていました。劇場では、エレンと同じように強い関心を持って演劇を見に来る人たちと知り合いになりました。とりわけノーリーンとマイケルは、いつも私たちの近くに席を取りました――休憩時間になると、演劇の最後にステージの上で審査委員長が結果を公表しないうちから、私たち四人で判定を下してしまうのでした。エレンにとっては、この祭りこそ一年のハイライトでした。

良き友だったコンが亡くなったとき、それに夫のゲイブリエルが旅立ったとき、私には時間が止まってしまったように思えました。そんなとき、エレンは私と一緒に悲しみの道を歩いてくれたのです。エレンがいてくれて、本当に幸運でした。優しくて親切なエレンは、私を慰め、話をよく聞いてくれました。悲しみを忘れたくて、私が裏庭で庭いじりに精を出す間、台所で腕を振るい、おいしい食事を作ってくれました。私は、お腹が空いたときだけ料理をしますが、エレンは台所にいるのが好きで、新しいレシピを試しては楽しんでいました。私たちふたりは、一緒に住むのに理想的な組み合わせだったのです。私が庭師兼家政婦で、エレンは料理人でありカウンセラーだったのです。

毎年春になると、シャノン空港でエレンを見送り、また秋に戻ってくるのを楽しみにしていました。彼女の娘ケリーの結婚式がトロントで行われたときには、私たちみんなで出席し、その翌年にアイルランドでも披露宴を行ったときには、親戚がカナダからやってきました。

この一大イベントに向けて、数週間かけてわが家と庭を整えたのでしたが、披露宴は本当に素晴らしいものになりました。その後エレンは、クリスマスに戻ってくるのを楽しみに、トロントへ帰っていきました。けれども、戻ってくることはなかったのです。

クリスマス直前、彼女は末期がんであると診断されました。私と娘のレナは、クリスマスをエレンと過ごすため、イブにカナダへ向かって発ちました。私は、わが家以外の場所でクリスマスを過ごしたことがありませんでした。もしクリスマスイブに絶対にいたくない場所はどこかと尋ねられたら、私は、ロンドンのヒースロー空港と答えるでしょう。イブの夜遅く、雪に埋もれたカナダへ行くために、私たちはその場所にいたからです。カナダでは、エレンやケリー、それに親戚と嬉しい再会を果たしました。エレンは元気そうで、気分も良いようでした。とはいえ看護師ですから、自分の前途に幻想を抱いてはいませんでした。

クリスマスの朝、地元の教会のミサに参加するため、私たちは凍結した雪道を足元に気をつけながら歩いていました。通りの家々の窓には、踊るサンタや飛び跳ねるトナカイの人形が飾られていいます。ゆったりとしたペースで進められるミサには、お祝いムードが漂っていました――ミサに時間制限を設けてストップウォッチを使うのは、アイルランド人だけなのかもしれません！　余裕を持って進められるミサのペースに心が落ち着きました。これから数か月は、気をしっかり持たなくてはならないという気持ちになっていたからです。

その晩、ケリーの夫リックの姉の家で催された親戚の集まりに、レナ、ケリー、リックが出かけて行きました。エレンと私は、雪に覆われた町を見下ろす、心地良いエレンの家で、ふたりだけで静かに食事を取りました。ふたりで過ごす時間は、心休まる特別なものになりました。エレンは、私がバレエ好きなことを知っていて、翌日の夜の「くるみ割り人形」のチケットを買っていてくれました。バレエを見に行った私たちは、魔法をかけられたようになり――この上なく美しい演技を見ているうちに、よどみなく澄み渡った空想の世界に入り込んだように感じたのです。まるで、地上から神のいる場所へ連れて行かれたような気分で帰宅しました。確実に近づいてくる悲しみをはっきりと意識していて、感覚が研ぎ澄まされていたのでしょう。

それからの治療で、エレンに残された時間が少しでも長くなることを祈りつつ、レナと私はアイルランドに帰国しました。はじめのうち、治療は効いているようでしたが、私がトロントを訪問するたびに、エレンがどんどん弱っていくのがわかりました。いちどなど、淡いブルーのコートをまとって空港に迎えにきたエレンは、繊細でもろい陶器の人形のようでした。翌年のクリスマスの直前、もうひとりの姉のテレサと私は、母親の面倒をみているケリーの手助けをするため、トロントに長期滞在することにしました。というのも、ケリーは初めての子どもを妊娠していたからです。けれども、滞在は長期にはなりませんでした。私たちが到着した数日後、エレンは亡くなりました。

その晩、エレンの家の地下室に下りていくと、冷蔵庫の側面に貼られた写真が目に入りました。愛する姉のエレンが、ノーリーンとマイケルと一緒に笑顔で写っています。その前の年に行ったロスモア演劇祭りで撮影したものでした。エレンはこの祭りで、楽しい晩を何度も過ごしています。けれど、もう二度と、エレンが祭りを楽しむことはない、そうわかってはいても、なかなか受け入れることができませんでした。

亡くなった後は火葬にして欲しい、エレンは常にそう言っていました。他の埋葬方法よりずっと衛生的だと考えていたのです。亡くなった翌日、ケリーとリック夫妻は自宅でエレンの葬儀を行い、夫妻やエレンの友人知人が集まりました。アイルランドの通夜によく似ていました。火葬には、家族が立ち会う必要があるとのことで、リックと私がその朝火葬場へ向かいました。真っ白な布に包まれ、シンプルな木製の棺に横たわるエレンは、穏やかな自然な表情をしていました、本人の望み通りになりました。私は、母のものだったロザリオ[訳注]を入れた使い古した皮の袋と、聖水を入れた小瓶を、遺体の脇にすべり込ませました。何ごとにおいても大げさにするのが嫌いなエレンは、シンプルであることを常としていました。これが、できる限りシンプルな方法でした。翌日のミサでは、お気に入りの木箱に入れられたエレンの遺灰が祭壇の正面に据えられ、みんなでエレンの大好きな歌「世のはじめさながらに」を歌いました。

出産を二か月後に控えたケリーがアイルランドへ行くことはできません。でも、母の遺灰をイニシャノンンに持ち返ってもらいたいというのです。飛行機に搭乗する際、エレンの遺灰をスーツケースに入れ、荷物として預けることなどできるはずがなく、機内持ち込み用荷物にしました。持参していたラップトップコンピュータをスーツケースに入れて預け、そのかわり遺灰をコンピュータ用のケースに入れて、肩に下げて搭乗したのです。必要な書類は火葬場の担当者が整えてくれていたので、遺灰を機内に持ち込むことができ、ほっとしました。トロントのピアソン国際空港でも、乗り継ぎをしたアムステルダムのスキポール空港でも、係員は驚くほど親切に気を配ってくれました。私は、人間の本質はやはり善なのだと確信しました。そして、お役所の人間はロボットばかりでないと知り、私たちが官僚主義にがんじがらめにされていないこともわかって嬉しくなりました。

テレサの娘エイリーンがコーク空港に迎えに来ていました。イニシャノンへ帰る車中は、悲しみに包まれていました。木工職人をしているエイリーンの夫パディが、遺灰を入れるためにニレの木で美しい箱を作ってくれていました。遺灰を入れたその箱を静寂の間の小さなテーブルに置き、その周りに、ペグおばさんの真鍮のろうそく立てにろうそくを立て、火を灯しました。その晩、ロザリオの祈りを唱えるため親戚が集まりました。それから二、三日の間、エレンと一緒に楽しい時間を過ごしたその場所でひとり坐っていると、気持ちが穏やかになりました。エレンが親しくしていた友人たちが訪ねて来て、暖炉のそばに腰掛けて紅茶を飲みながらいろいろな話をしていきました。大勢で集まって騒ぐことを決して好むことのなかった人の遺灰の前で、静かで貴い時間が過ぎていきました。

新聞のお悔み欄には通知を出しませんでした。エレンが大切に思っていた人は全員、エレンが亡くなったことを知っていたからです。葬儀も、親戚と親しい友人だけで執り行いました。エレンはアイルランドの盛大な葬儀を良く思わず、まるで戦争のようだと、私に言ったことがあります。だから、エレンの葬儀は「戦争」ではなく、心優しい女性にふさわしい静かな葬儀を私の自宅で行ったのです。墓地では、パディと私でエレンのお墓のために穴を掘りました。遺灰を収めるだけなので、たいした作業ではありません。穴のすぐ隣に小さなテーブルを置き、その上に娘のレナの青く美しい絹のショールを敷きました。葬儀のミサが終わると、ショールの上にニレの箱を置き、お祈りのあと、「世のはじめさながらに」を歌い、ショールに包んだニレの箱を、ゆっくりと大地の中へ下ろしました。私の夫ゲイブリエル、ジャッキーおじさん、ペグおばさんと並べて安置したのです。

二か月後、エレンの初孫の女の赤ちゃんがトロントで産声を上げました。そして、その子が五か月になると、ケリーとリック夫妻は、洗礼を受けさせるためイニシャノンにやって来ました。デニス神父が洗礼を行い、教会で素晴らしい儀式が行われると、みんなでエレンのお墓まで歩いて行きました。その子の祖母が安らかに眠る場所に神の祝福があるように、デニス神父は、洗礼で使用したのと同じ聖水をお墓にまきました。歌を歌う私たちの頭上で、太陽がきらきら輝いていました。

世のはじめさながらに

世のはじめ　さながらに、
あさひてり　鳥うとう。
みことばに　わきいずる
きよきさち　つきせじ。

世のはじめ　あさつゆの
おきしごと　雨ふり、
キリストの　ふみゆきし
園のさま　なつかし。

世のはじめ　さしいでし
みひかりを　あびつつ、
あたらしき　あめつちの
いとなみに　あずからん。

（『讃美歌第二編』、一九九八年、日本基督教出版）

訳注

ロザリオ——カトリック教会で聖母マリアへの祈りを唱える際に使う数珠。

頼もしい人々

第九章　カウボーイ（ダニーおじさん）

ダニーおじさんは、言葉を選んで話すことをしない人でした。とりわけ、おじを言い負かそうとしようものなら、歯に衣着せぬ物言いで言い返すのです。きっと、世の中を渡っていくのがつらいこともあったでしょう――政治的に正しい言葉づかいがまだ常識になっていない時代で幸いでした。長い間独身で、農業を営み、私の祖母とふたりで暮らしていました。落ち着いた性格とは程遠く――善意に満ちあふれてはいるのですが、カッとしやすいたちで、それでも、自分の立場をわきまえているところもありました。おじと祖母はふたりで農場を切り盛りしていましたが、ふたりとも頑固な性格で、よく意見が衝突しました。おじは私の母のたったひとりの弟で、物静かでそつのない母とは正反対で、率直で押しつけがましいところがありました。

子どもの頃、しつけに厳しい祖母の手伝いに行かされると、ダニーおじさんがおもしろい物語を話してくれるので、気の進まないこの訪問が楽しくなりました。夕食の時間、食卓を囲み、おじの話を喜んで聞いたものです。おじは食卓の上座に席をとり、静かに語り始めるのではなく、大声で演じるのです。ときおり食卓をドンドン叩くのが、演出効果をもたらします。そうすると、古い食卓の上でナイフとフォーク、それにカップもぴょんぴょん跳ね上がるので、私はハッとかたずをのみました。ガシャンという音とともに、石の床に落下することもあったのです！　おじは根っからの劇作家で、私たちは何でも聞きたがる観客でした。おじ流の「食後の祈り」は、こうでした。「全知全能の神よ、願わくはこの食が私の健康を保ち、今宵もよく眠れますように」

ダニーおじさんが生き生きとした口調で語っていると、祖母がまゆをひそめることがありました。でも私は、おじのそんな言葉が大好きでした。繊細ではないけれど、わかりやすさで足りない分を補っていたからです。あるとき、おじは私たちに、町で出会った婦人のことを話していました。婦人は自分が受けた手術のことを、まったく無関心なおじに向かってくどくどと話し続けていたのです。話をやめさせて行ってしまおうと何度も思ったけれど、うまくいかなかった、おじはそう言いました。これは、私には理解しがたいことでした。だって、私の知る限り、ダニーおじさんこそ、途中で話を止めるのが難しい人でしたから。

そこで私は尋ねました。「でもどうして、その人を止められなかったの？」

「どうしてかって？」おじは、さもいまいましいという風に食卓を叩いて声を張り上げました。「小うるさい、雌鶏の糞みてえな女だったんだ」――ナイフが二本、床にガチャンと落ちました。

はじめてポニーに乗せてくれたのは、ダニーおじさんでした。そのとき私は、死ぬほど怖い思いをしたのです。クリーム加工所から戻ったばかりのそのポニーは庭にいて、まだ馬具をつけたままでした。乗ってみたいなと思いながらじっと見つめていると、おじが私をさっと抱き上げ、ポニーの背中に乗せたのです――驚いたポニーは駆け出し、私はゆるんだ馬具にしがみつきました。ほどなく馬具がはずれて地面に滑り落ち、皮の手綱やくさりがからまった状態で私も一緒に落下してしまったのです。その日はずっと、おじとは口をききませんでした。けれども翌朝、クリーム加工所へ行ったおじが、和解のしるしに大きな茶色い紙袋いっぱいのお菓子を持ってきてくれました。

ダニーおじさんの考えでは、自分の牧羊犬は、教区中でいちばん賢い犬でした。グレイハウンドも数頭飼っていて、素晴らしく良い犬ばかりで足も速いと、美点を並べたてたら何時間でもしゃべり続けます。自分の犬がレースで負けると、それは犬のせいではなく、いつも「ボンスクールのカーブ」のせいでした。当時、コース内にあるそのカーブのすぐ隣には、ボンスクール修道会の修道女たちが経営する病院があり、コークレース場で良い結果が出せないと、たいていはこのカーブのせいにされたのです。とにかく、ダニーおじさんの世界では、何もかもうまくいくようになっていました。

おじは、つばの広いカウボーイハットをいつもかぶっていました。その頃、職にあぶれた若者や放浪癖のある人々のあいだで、牧畜をするためオレゴン州に移住することがはやっていました。移住した数年後に、休暇でアイルランドへ戻ってくると、私たちがオレゴンハットと呼んでいた帽子を誇らしげにかぶっているのです。オレゴンへ行ったことのないおじも、この帽子が大のお気に入りでした。帽子はおじの個性にマッチしていて、会話を始めたり、終わらせたりするのに、よく帽子を使っていました。「食後の祈り」のあと、華麗なしぐさで頭に帽子を乗せ、歌を歌い始めるのです。農場へ行こうと、声高に歌いながら庭へ出ると、犬たちが大喜びでおじの周りを跳びはねるのでした。

「さあランドヨット[訳注]で行こう
気分は億万長者さ……」

干し草刈りの季節には、まるで古代ローマ時代の戦車を操るベン・ハーのごとく、おじは刈り取り機と二頭の馬をうまく操りながら、干し草置場から姿を現しました。私たちが住んでいたのは、コーク県とケリー県の境にある山あいだったので、冬には大雪に見舞われ、雪が長く降り続くこともありました。そんなとき、ダニーおじさんが馬にまたがってうちの農場に駆けつけます。生活に必要なものを持ってきてくれ、何も問題がないか確かめに来るのです。そういうときのおじは、とても頼りになりました。この人は、困難な状況になると真価を発揮するようでした。

祖母とおじは、よく意見を対立させていました。家畜の品評会や豚の市場に出かけたおじが、ついでに友人とパブに寄っていくことにして、ほろ酔い気分で遅く帰っていくと、正面切ってのけんかが始まります。まず祖母が痛烈な言葉でおじを延々と非難します。するとおじは言われっぱなしになることなく、考え抜いた悪態の限りをつくして言い返すのです。おじはこの、言葉の闘いを楽しんでいたのだと思います。だから、祖母がもう「寝床へ入る」と決め込むと、拍子抜けしてひどく腹を立てるのでした。そうすると、おじはわが家にやって来て、ぷんぷんした口調で母にこう言います。「ご主人は、今、ちょっとしたオリバー病でね」おじは祖母のことを、「ご主人」とか「奥さま」と呼んでいたのです。ちなみに私たちは、バリドゥエインおばあちゃんと呼んでいました。祖母がけんかを受けて立ち、対決姿勢をとると、どう扱ったらよいかわかるのですが、自分はもう長いことないと言いながら床に臥せてしまうと、仮病だとわかっているのに、強い態度で臨むことができなくなるのでした。本当は悪いところなどないということは、おじにも私たちにもわかっていました。それでも、祖母の年齢を考えたら、あっけなく逝ってしまうかもしれないと常に思っていたのです。でも、祖母はいつも元気になり、どこの誰だかわからない「オリバー」とやらは、次にお目にかかるまでいなくなってしまうのでした。

私たち子どものうちの誰かが、順番に祖母の家に手伝いに行っていました。「気の毒なおばあちゃんの手伝いをする」ようにと、私たちの同情心に訴えて、母が送り出すのです。祖母は長身で頑丈な体つきをしていて、そんな風に言い表されるのがまったく似合わない人でした。ハーブ治療に凝っていて——家畜が病気になっても獣医を呼ぶことなどめったにありません。そんじょそこらの獣医なんぞより、自分の方がよく知っていると信じていたのです。家畜が病気になっても死なせたことがないのが自慢でした。若いうちに未亡人になり、ダニーおじさんが成長して一緒に仕事をするようになるまで、女手ひとつで農場の仕事をし、立派に動かしていたのです。

私たち姉妹は、成長して家を出たあとも、週末や休暇で実家へ帰るたびに、祖母とおじに会いに行きました。おじの留守中に訪ねていくと、おじはひどくがっかりしたものです。あるとき、おじが出かけていたときに私が訪ねていったことがありました。すると、翌朝早く朝食をとる間も惜しんで、クリーム加工所へいく途中、遠回りしてわが家に立ち寄ってくれたのです。わざわざ来てくれたのねと私が言うと、おじははっきりと言いました。「人生には、大事なことがあるんだよ、アリシーン」（おじは私をこう呼んでいたのです）「人と関係を保ち続けること、それに助け合うことだ。家族ってのは、そういうもんだ。覚えておくんだぞ！」

のちにおじは結婚しました。おじの良き理解者というだけでなく、歩いた地面をあがめるほどおじを愛してくれる妻を見つけるという幸運に恵まれたのです。うちは親戚が多いのですが、その人は、私たち親戚全員を喜んで受け入れてくれました。いちど、連絡せずにおじの家を訪ねたことがありますが、あの同じ食卓のまわりに二人の子どもを坐らせ、おじは長々と話をして聞かせていました。私たちがそうだったように、子どもたちは、おじの芝居がかった話に大喜びしていました。ああ、おじは本当に幸せなんだと思いながら、私はその家をあとにしました。

ところがおじの幸運は、尽きかかっていたのです。ある日、母が電話をよこし、おじが入院したと知らせてきました。まず私は、不安になりました。頑丈な体の農夫だったおじは、医者にかかったことさえないのです。病室に閉じ込められるなど、耐えられるはずがありません。おじをひと目見て、私の不安は苦悩に変わりました——病院の狭いベッドに、ひもや管でがんじがらめにしばりつけられていたのです。

おじの農場で見たある光景が、心の中に浮かび上がりました。毎年冬のはじめには、生後数か月間川のそばの牧場で過ごした雌牛たちを、牛小屋に連れて行きます。囲いに入れられたことのない雌牛たちを、近づいてくる冬の寒さから守るため、牛小屋に入れるのです。雌牛たちは怖がりました。牛小屋のつなぎ枠につながれてしまうと、恐怖のため目を見開いていました。それまで、自由しか知らなかった牛たちです。おじもまた自由しか知らないというのに、今は病室に閉じ込められているのです。胸が痛みました。何か月も苦しんだあと訪れた死は、彼を苦しみから解放してくれるものだったでしょう。私は祈りました。おじがどこへ行ったとしても、そこは広い牧場のある山あいの土地で、おじがあの、大きなオレゴンハットをかぶっていることを。

ダニーおじさん

その人は
人生の大事なことを
知っていた
そしてがむしゃらに生きた

ほどほどを好まず
むしろすべてに度が過ぎて
懐の深さでさえも
そうだった

いろいろあった欠点も
許すことができる

その人の心が広いから
その人は人生を
思いのままに生きていた
せき止めることのできない
流れの速い川のように
けれどもほとばしる流れが
突然止められた

その姿を見て　私の心は痛む
病院のベッドに
鼻や腕を管でつながれ
罠にかかった動物のよう
囚われたことのない
怯えきったその動物は
寒い冬の日
恐怖に目を見開いて

病院に運ばれてきた

山あいの大地に住まう人なのに
清潔すぎる場にしばりつけられ
のろのろとした死は幾月も続き
ますらおは衰えた

ほとばしる激流は
細い流れに変わり
ついに消えてなくなった

訳注
ランドヨット――車輪のついた車体にマストと帆をつけ、帆に風を受けて陸上を移動する乗り物。

第十章　仲間のひとり（義兄）

その人は、初めての義理の兄でした。五人姉妹のいちばん下の私には、家族に加わるこの人が、良い人でなければなりませんでした――というのも、この義理の兄を皮切りに、あと三人家族が増える可能性があったので、この人がこれから起こることの前兆になると思ったからです。姉のテレサと結婚し、ビルは私たちの人生に入ってきました。義兄は、当時十代だった私にとって、格好のせんさくの的でした。十代の若者とは、残酷で批判的なものですから。ところが義兄は、そんな私のテストのすべてに見事合格したのです。

姉夫婦は近くの町に住むことになり、これは私には大変都合の良いことでした。ダンスや町の映画館へ出かける際のよりどころにできると思ったからです。私たち姉妹は姉の家に自由に出入りし、ビルはいつも温かく迎えてくれました。姉テレサは私たちに厳しいこともありましたが、波風が立つといつもビルがとりなしてくれました。それにビルは、私たちの送り迎えまでしてくれます。私にとって、このうえない人が家族になったのです。

そこに三人の幼い姪が加わり、私はベビーシッターをするようになりました。もっとも、赤ん坊のことは何も知らないので、頼りにならなかったとは思いますが――未熟なベビーシッターでも、姪たちはうまく育ってくれました。その後、ふたりの男の子も加わりました。日曜になると、子どもたちはフォルクスワーゲンのビートルに乗せられ、実家の農場へやってきます。子どもたちが成長するまでの間、私たちは常に親しくしていました。私が結婚して家を出て、ゲストハウスを営むようになると、姪たちは夏休みに来て手伝ってくれました。みんな頼りがいがある上に、明るい性格です。私たち夫婦と共に様々な困難を乗り越えてくれました。姪のふたりは、バリマルー料理学校[訳注]で料理を修め、思い切って製菓店を開くことにしました。そこでふたりは、私たち夫婦が以前住んでいた古家に引っ越してきました。私たちはすぐ隣のゲストハウスの一部に移り住んでいたので、そこは空き家だったのです――若いふたりにとっては大きな決断でしたが、話し合いを重ねた結果、最終的にそう決めたのでした。姉妹の父親が言いました。「吉と出るか凶と出るか、まだわからない。でもね、そう決めたんだから、正しい判断のはずだよ」――こうと決めたら、もうやるしかない！　ビルはいつも、そう助言していました。人を励ますことが上手で、誰であっても、暮らし向きが良いのは喜ばしいことだと考えていました。優しくておおらかなビルは、みんなに好かれていました。

晴天の霹靂のようなことが起こると、そのとき自分がどこにいたかを、のちのちまで思い出すものです。まるでショックが脳内にその状況を刻み込むようです。一九八〇年六月の美しく晴れたある夕べ、私は台所で、何をするということもなく過ごしていました。夫のゲイブリエルは試合に出かけ、いとこのコンはアガ社製のガスレンジのそばに腰かけて本を読んでいました。廊下の電話が鳴り、私はゆっくりと向かいました。どの姉からだろうと思いながら、なにげなく受話器を取りました。ところが、かけてきたのは、実家近くの医師だったのです。私はハッと身構えてしまいました。はじめのうち、医師の言うことがのみこめず、こう言うのが精一杯でした。「も、もう一度、言ってもらえますか」

「ビル・アレンが亡くなったよ」医師はそう言うのです。

「本当ですか?」私は聞き返していました。

「アリス、私は医者だよ。人が亡くなればわかる」言い聞かせるような優しい口調でした。

「でも、どうして?」私は息をのみました。

「心臓発作だ」そう言うと、受け入れられないのはもっともだという風に、医師はゆっくりと落ち着いた声で続けました。「ここにテレサもいる。他の人たちも。だから、急がなくていいから、ビルの娘たちを連れてきてくれないか。ゆっくりでいいからね」

「でも、いつそんなことに?」私は必死でした。これは先生の勘違いだ、何かの間違いだと思おうとしたのです。

「たった今だ。試合から帰って夕飯を食べている最中に、突然倒れたそうだ」

受話器を置くと、私はその場に立ち尽くしてしまいました。姪たちに、どう切り出したらいいのでしょう？　台所へ戻ると、口早にコンに説明しました。

「こんなこと、あの子たちにどう言えっていうの？」私は訴えるようにそう言いました。

「きみが話さなくちゃいけない」コンは静かに続けました。「だって、他の誰が話してくれるというんだい？」

頭を整理するため台所の中をうろうろ歩き回り、どう切り出すのがいちばんいいか考えました。でも、思い浮かばないのです。思考が麻痺してしまったのです。たった今、告げられたことを受け入れようと、やみくもに食卓の周りをぐるぐる歩きました。そしてようやく、廊下をゆっくりと進んでゆき、ふたりのいる部屋のドアの外まで来ました。中から笑い声がします。私が中に入っていけば、ほどなく笑い声も消えるでしょう。こんな知らせを伝えたくない気持ちで一杯でした――すっかり混乱している頭に浮かんだことは、もし言わなければ、起こらなかったことになるのではないか、でも言ってしまったら、氷にひびが入るように、姪たちの全世界が粉々に崩れ去ってしまうのではないか、ということでした。けれども、話さないわけにはいかないのです。ドアノブをぎゅっと握って回し、ゆっくりとドアを開けました。すると、ふたりは歓迎した表情で私を見ました。そのときメアリーが、赤いバラの柄のマグカップを手にしていたのを鮮明に覚えています。

「ちょうどお茶にしようと思ったところよ」そう言ったメアリーの笑顔が、私の表情を見ると薄れていきました。「何かあったの？」メアリーの不安げな様子を見てとったエイリーンが、私の顔を見つめています。何か良くない知らせがあるのだと、ふたりはすぐに気づきました。ショックを和らげるような言い方などありませんでした。三人ともまずイスに腰掛けてから、さりげなく伝えることなどできるはずのない知らせを、私は、できるだけさりげなく伝えようとしました。信じられないという表情で、ふたりは私を見ています。世界が崩れ去ってしまったのです。これまでずっと支えてくれ、励ましてくれた父親が、亡くなってしまったのです。受け入れるにはあまりに残酷でした。ショックがひどくて何も考えられないようで、ふたりは黙ったまま坐っていました。ようやく泣くことができるようになり、起こったことをなんとか受け入れようと、しばらく話をしました。それから現実に戻って、これから何をしなければならないか、考える必要がありました。

クロナキルティで教師をしている、もうひとりの姪トゥラーサにも知らせなければなりません。それまでにはゲイブリエルも家に戻っていたので、姪たち全員の世界を完全に変えてしまうことになる知らせをトゥラーサに伝えるため、コンとふたりでクロナキルティへ向かいました。

その晩になり、マックルーン、そしてキャリガニンマと静かな田舎道を車で進み、ようやく姪たちの実家のあるニューマーケットに到着しました。のちにエイリーンが言っていたのですが、ずっと運転し続けて永遠に家に到着しなければ、あの恐ろしいことは起こらなかったことになるかもしれない、そう感じていたそうです。姉妹の父親は、まるで眠っているかのように、通りに面した部屋に横たわっていました。父親の死という過酷な現実は、ふたりには到底受け入れられないことでしたが、目の前に横たわる父親の姿を見て、ようやく理解できたようでした。そのとき初めて、通夜を自宅で執り行うことのありがたみを実感しました。自分の家で死を悼む時間が必要だったのです。姪たちが帰ってきたとき、遺体がもう葬儀場へ送られていたら、父の死という事実を受け入れるのは、もっと困難だったことでしょう。その晩から翌日まで、姉妹は亡くなった父親と一緒に過ごす時間がありました。非常につらい時間ではありましたが、ふたりが現実を受け入れるには、その時間が必要でした。姪たちの八歳の弟が、この現実をどのくらい理解したのかは、私にはまったく想像がつきません。

その日のうちに、姉のフィルと一緒に、私の両親に知らせに行きました。当時、両親はまだ健在でした。両親にとってビルは初めての義理の息子であり、ほとんど二人目の息子のように思っていました。両親は、この事実を粛然と受け入れました。私は、親の世代の人々の、悲しみから立ち直る力や心の強さを思い知らされました。両親はそれまで生きてきて、人の死を何度も経験していたのです。

遺体が教会に移されると、私たちの心がまだ混乱した状態の中、葬儀が執り行われました。テレサは、ほとんど機械的に動いていました。突然死した人の遺族は、そうなるものなのです。しかし、その晩テレサが静かに口にした言葉に、私はハッとしました。「ジョージが来ていなかったわね。どうしてかしら？　あんなに仲が良かったのに」私が驚いたのは、参列者の中に特定の人の姿が見えないと姉が気づいたことです――悲しみの中でも事実を見つめようとする部分が、私たちにはあるのでしょう。特別な友人の助けが必要なのは、そんなときです。ビルの親しい友人から心のこもった手紙を渡され、テレサは慰められていました。友情とは、足元の地面が揺らいだとき、私たちが立ち続けられるように支えてくれる、手すりのようなものなのです。

それから数か月のあいだ、テレサは悲しみの小道を歩んでいきました。何年も後になってテレサから聞いたことですが、ビルが亡くなってから数か月間、ときおりキラーニーのマックロス公園へ車で出かけて行ったというのです。そこは、ビルと一緒によく行った場所でした。長い間ベンチに坐り、木々を見ていたそうです――木々の間からビルが出てきて隣に腰かけたとしても驚かなかったでしょう。突然死を受け入れるのには、長い時間がかかります。故人のいない新たな世界を作り上げていく過程は、なかなか進まないものなのです。その時期に私は次の詩を書きましたが、とうとうテレサに手渡すことはありませんでした。

テレサの旅

あなたが苦しむ姿を見るのがつらい
共に苦しんではいても
私たちは外にいるだけ
もだえ苦しむあなたの心の中には
入っていくことはできない

ぱっくり開いた傷口に　誰も触れてはいけない
あなた自身が治さなければ
傷を負った動物が　巣穴でじっとしているように
何か月もひとり苦しんでいる

そしてしだいに感覚が戻り
あなたは真っ暗なトンネルへ
這って進んだ
そうして孤独な苦しみからは

なんとか抜け出した

今は天を仰いで祈り
お救いくださいと叫んでいる
それでも　私たちはそこから
あなたを連れ出すことはできない

大きな存在が与えてくれる
内なる力だけが
あなたを救うことができる

ついにその存在が　あなたを助けに現われた
悲しみよりずっと大きな存在から
少しずつ力をもらい
つまずきながらあなたは進んだ

そしてあなたは微笑んだ

初めて見せた本当の笑顔
私たちは神に感謝した
神が支えてくれたから
苦しみから救われたのだと

後になって思い返して気づいたのですが、私はその時期、ほとんどテレサの支えになっていなかったような気がします。大人になってから、人の死を悼むという経験をしたことがなかったのです。だから、ずっとそばについていることが必要だとわかりませんでした。死の喪失感にさいなまれる数か月のあいだ、そして実はその後の数年のあいだも、家族や友人、隣人が寄り添って支えることが必要なのだと、今はわかります。しょっちゅう連絡を取り、ささやかでも親切な配慮をすることで、支えることができます。そういうことが、遺族が立ち直るためのきっかけになるのです。

姪たちは、自分の父親を亡くした翌月に、イニシャノンに戻ってきました。腰を落ち着けて、私たちは長い間話をしました。その頃、私はふたりのために一篇の詩を書きました。三十年が過ぎた二〇一〇年、私がこの本を書き始めると、メアリーがその詩を私に返してくれました。すっかり忘れてしまっていたその詩を、メアリーは長い間ずっと持っていてくれたのです。心を慰められたと言っていました。

ビル

うるさいことは決して言わない
その人を　私たちは愛した
仲間のひとりとして

私たちの姉と結婚し
仲間に加わった
その人は
信頼できる人だから

いつでも来て泊まってと
歓迎してくれた
穏やかな態度で

常にともし火を掲げて

子どもたちを導き
叱ることなく
正しい道を示した

テス[訳注]とふたり船を進め
頑丈なその船の
船荷をテスがつくり
その人がしっかり据えつける

あるときその人は
静かな水まで来ると
錨を引き上げた
夏の夜のことだった

亡くなるときも
人生そのもの
優しく穏やかに

苦しみもせず騒ぎもせず

暖かい六月の日
その人の優しさを
私たちは思い出して
太陽のもと歌い
幸せな年月をなつかしむ
私たちの頬を
温かい涙がつたう

クロンファートの教会の
芝生の一画に埋め込まれた
飾り気のない墓石に
刻まれているその人の名

愛情深い夫で
父であり友だった

穏やかなその人は
最後の最後まで

訳注
バリマルー料理学校——コーク県東部にある料理学校。著名な料理人を何人も輩出している。
テス——テレサの愛称。

第十一章　庭のあるじ（ジャッキーおじさん）

ゲイブリエルと結婚し、イニシャノンに住むことになった私に、母が授けた忠告は「もう別の家族の一員。あちらに迷惑をかけるんじゃないよ」というものでした。当時の私には、母が何を言わんとしているのか、わかりませんでした。私の夫になった人は、不幸にも幼い頃両親を亡くしていて、ペグおばさんとジャッキーおじさんという養父母に育てられていました。このふたりにとって、ゲイブリエルは非の打ちどころのない息子でした。それでペグおばさんは、嫁である私には大いに問題ありと判断したのです――これは正しい見立てでした。なにしろペグと私は、バケツに石をふたつ入れたようにぶつかり合い、私の角が削れて丸くなるまで衝突し続けたのですから。一方ジャッキーは、この上なく心の広い素晴らしい人だったので、第一日目から大好きになりました。この夫婦は良い組み合わせでした。ペグはどんな人にも付け込まれることのない性格なのに、ジャッキーは人の良い面しか見ないたちだったのです。ジャッキーのこの性格は、村でお店を営むには危なっかしいものでした。

店の帳簿はいつも赤字でしたし、現金で支払う人などほとんどいなかったのですから！

ジャッキーは庭仕事が素晴らしく上手く、家庭菜園で収穫したものを店のカウンターで、当然のようにただで分けてやるのでした。元手はかかっていないという考え方でそうしていました。自分が庭で働いたことは、勘定には入れません。庭仕事を心から楽しんでいたからです。ジャッキーにとって庭で体を動かすことは店の仕事からの休息であり、情熱を傾けて行っている生きがいだったのです。

それに対してペグは、異なる主義の持ち主でした。ジャッキーが育てた西洋スグリやラズベリー、クロフサスグリでジャムを作り、自分の労働をきちんと価格に反映させていました。それでも、ペグに気に入られていれば、ひと瓶余計に買い物用布袋に入れてもらえます。この夫婦からは、学ぶことがたくさんありました。ふたりは教区内の住民を一人残らず知っていて、それぞれの家系を何世代もさかのぼってたどることができたのです。自分の家系の、編集済の話が聞きたければ、ジャッキーに尋ねるのが良い方法です。親類縁者の良い話をすべて話してくれるのですから。でも、省略されていない完全版が聞きたいのなら、ペグに頼むのです。

聖人のように素晴らしい人格のジャッキーは、自分の庭という天国に住んでいました。私はこの庭が大好きでした――初めて足を踏み入れたとき、まるで絵本のページに迷い込んだように感じました。庭は、家の勝手口から緩やかな上り坂になっています。曲がりくねった小道を上がって行くと、てっぺんに鶏小屋があります。立ち並ぶ木の下に、ジャッキーは自分でこの小屋を建てました。庭のあちこちにある、小さな古びた小屋もすべてジャッキーが建てたものでした。小屋の中には庭仕事の道具が入っていたり、猫や犬がいたりしました。庭には雌鶏がいて――ロードアイランドレッド種、ワイアンドット種、サセックス種などです――じゃがいもやルバーブ、玉ねぎを植えた畝の間を走り回っていました。雌鶏たちはまるで国際連合のように協力し合っています。おかげで私たちは、異なる種類の卵にありつくことができました。大きなものや小さいもの、白や茶色の卵など、いろいろありました。ジャッキーは木々の剪定をしない主義だったので、庭全体に木々がこんもりと茂っていました――伸びすぎたバラがお手製の木のアーチからたれさがり、近くの生垣に覆いかぶさっています。ジャッキーが育てた野菜のほとんどは食卓に上がり、訪問客が手ぶらで帰ることもありません。若い頃、ジャッキーはいくつかの種類のりんごの木を植えていました。だから、のちに家族の間で「ペグおばさんのりんごケーキ」と呼ばれるようになるお菓子の材料は十分ありました。クリスマスになると、ジャッキーのヒイラギの木が、わが家だけでなく、村のたくさんの住人の家の中まで美しく飾りました。ヒイラギを自宅の庭に植えているというのは、寒い冬の日にクリスマス用の飾りを求めてじめじめした野原を歩く必要がなくなるので、とても都合のよいことなのです。今もクリスマスになるとジャッキーに感謝しています。だって裏口から庭へ出て、そこにあるヒイラギの枝を何本か切ってくるだけで済むのですから。

ジャッキーにとって庭いじりは喜びそのものでした。私が庭に会いに行くと、どんな作業の最中でも、鋤に上体をもたせかけて休み、必ず話し相手になってくれます。人を庭に案内し、あれこれ説明するのが好きでした。ジャッキーから庭いじりの喜びがにじみ出ているので、話していると誰でも庭仕事が好きになってしまいました。店の中では素早く動き、次々に仕事をこなしていましたが、いつも着ている上っ張りを脱いで庭へ出ると、そこで本当のジャッキーが現われます。すっかりくつろいだ様子で心地よい満足感にひたるのです。こっそり様子を見に行くと、ロザリオを指に巻きつけ、草むしりをしながら祈っていることもありました。うちの子どもたちはジャッキーが大好きで、ジャッキーもうちの子は申し分がないと考えていたので、双方は相思相愛の間柄でした。子どもたちのすることでジャッキーの気に障ることなどひとつもなく、人殺しでさえ許しかねないほどでした。二週間に一度、ジャッキーは子どもたちを、散髪のためバスでバンドンに連れて行ってくれます。その度にうちの子たちは、散髪してもらうだけでなく、他の物も手に入れていました！

ジャッキーが親切に接する対象は、家庭や店、庭だけではありません。毎朝ミサへ行きがてら村中を駆け回り、途中の家々に新聞を配達しました。司祭には牛乳と新聞を持っていき、必要とあれば教会の電球を交換し、墓地の草むしりもします。村全体の便利屋だったのです。けれども誰かが図に乗って、ジャッキーの善意を利用しようとすると、ペグが出てきて容赦なく問題を片付けてしまいます。時がたつにつれ、私はペグの気性の強さをありがたく思うようになりました。そして、気の強い祖母について、母が言ったことを思い出しました――人をやり込める辛辣さと思いやる優しさを持ち合わせている。

ジャッキーがもうひとつ情熱を注いでいたのは、ゲーリック体育協会でした。試合に出たり、審判をしたり、地元や区の役員をしていました。私のアクセサリーの中でもいちばん大切なものは、ジャッキーが体育協会の西コーク地区から贈られた金のメダルです。一九二四年から二七年にかけて役員を務めたと刻印されていて、ペグがそのメダルを美しいブローチに作り替えてくれたのです。そういういきさつがあるので、とても大切にしています。

長身でがっしりした体格のペグは、ときどき医者にかかることがありましたが、すらりとした筋肉質で健康そのもののジャッキーは、医者とは無縁の人でした。だから、一九七七年のある寒い十一月の早朝、ジャッキーが心臓発作を起こしたのは、私たちにとって大変なショックでした。ペグがわが家の階段の上り口まで来て下から叫びました。ゲイブリエルと私はあわてて階段を下り、隣接する店の中を走り抜け、階段を上りました。ベッドで上体を起こしているジャッキーは真っ青な顔をしています。同じ通りに住むコーマック医師がすぐに来てくれて、その後ゲイブリエルはジャッキーを連れてコーク市内の病院へ向かいました。ジャッキーは回復しましたが、前途には長く困難な道が待ち受けていました。数か月入院している間に合併症にかかり、片足を切断することになったのです。

ゲイブリエルと私は、毎晩お見舞いに行きました。ジャッキーは驚くほど聞き分けのよい患者で、周りのみんなに陽気な言葉をかけていました。切断手術をした晩、落ち込んでいるのではないかと、私は心配でなりませんでした。ところが、私たちが慰めるのではなく、ジャッキーが私たちの気持ちを慰めてくれたのです。しばらくすると、松葉づえをついて退院することができました。とても明るい表情をしていました。それからは、昔からの友人や隣人が何人もお見舞いに訪れました。太陽の日差しが暖かい日は、大好きな庭に出て腰かけていました。つらかったことでしょう。あれほど活動的で、ずっと人の面倒をみてきたというのに、今では世話をされる側になってしまったのです。義足は扱いにくく煩わしいもののようでした。そこで、遠いダブリン郊外にあるダン・レアリーのリハビリセンターで、使い方の訓練を受けることになりました。

七月の明るく晴れた日、ゲイブリエルと私は、ジャッキーをダン・レアリーへ送って行きました。リハビリセンターで別れるとき、初めてジャッキーの目に深い悲しみが浮かびました。ペグと私は毎日手紙を書き、地元紙の『コーク・エグザミナー』を送りました——戻ってくるまでの間、地元で何が起こっているか知らせたかったのです。でも、戻ってくることはありませんでした。ある朝早く電話があり、その前の晩に心臓発作を起こしたというのです。

ペグは悲しみに打ちのめされました。ゲイブリエルと私は、ジャッキーを自宅に連れて帰るため、ダン・レアリーへ向かいました。みんなが心から愛した素晴らしいその男性の遺体を見るのを、私は恐れていました。ところが驚いたことに、ジャッキーは、亡くなった後まで面倒のないように気遣ってくれていたのです。到着すると、微笑みをたたえたジャッキーと対面しました。完全に心の安らぎを得た人が見せる表情でした。

こういうときは、人のささやかな心遣いが身に染みて嬉しく感じられるものです――イニシャノン出身で今はダブリンに住む人たちが、会いに来てくれました。大いに慰められ、おかげで帰り道はずいぶん気持ちが楽になりました。ジャッキーが村に到着すると、生前に力を注いだゲーリック体育協会の会員が、儀仗兵のように整列して迎えてくれました。

葬儀の日の朝早く、私はジャッキーが愛した庭を歩きました。バラが満開に咲き誇っていました。小鳥たちが歌い、伸び放題のバラの間をモンシロチョウが舞っています。この世では、ここがジャッキーの楽園でした。今どこにいるとしても、その場所に庭があればいいなと思います。そうすれば、自分の楽園を造り上げることができるでしょうから。ジャッキーは、庭という素晴らしい贈り物を残してくれました。それからずっとその庭は、愛する人の死に遭遇するたびに、私を慰めてくれているのです。

ジャッキーの庭

その庭は　レイアウトなど決まっていない
自然が自由きままにしている
愛情深く世話をされ
緑がしげり　それを縛る思惑もない

花が咲き　たわわに実がなり
巣で蜂が　心地よい音をたてる
整然とした垣根もなく
ここは自然のままの庭

楽園を造ったのは　愛情深いその人
天上の心根を持つ大地の人
自然と愛と思いやりが結びつくその場所は
忙しさから逃れるための避難場所

第十二章　質実剛健（ペグおばさん）

ジャッキーおじさんが亡くなってからの数週間、ペグおばさんはすっかりしぼんでしまったようでした。夫婦のうち、主導権を握っていたのはペグに見えましたが、実際は、ふたりの世界を結び付けるしっかりとした糸を繰り出していたのはジャッキーだったのです。ペグがどっぷり浸かって元気を回復できる深い泉をジャッキーが用意し、安心しきったペグは静かに支えてくれるジャッキーに頼りきっていました。ジャッキーが亡くなり、その安心感も消え去ってしまいました。長年ペグと親しい間柄の私には、それがわかりました。葬儀の日、私はお墓のそばに立ち、ジャッキーに答えを求めていました。あなたなしで、ペグはどうして生きていけるでしょう。信じがたいように聞こえるかもしれませんが、ペグもすぐに後を追うのではないか、私の頭にはなぜかそういう思いが浮かんでいたのです。亡くなってもなお、ジャッキーは私たちの世話を焼いていたのですから。そういう気持ちがあったので、数週間後に、病院で検査を受けるようにとペグがコーマック医師に告げられても、それほど驚きはしなかったのです。ペグはがんを患っていました。それなのに、入院して治療を受ける代わりに、勝手に退院してきてしまったのです。「あんな騒々しいところにゃいられないさね」と言い、自宅の自分のベッドで死ぬと言い張るのです。

ペグという人は、自分の決まりだけに従う人でした。だから別に驚くほどのことはなかったのですが、それでも、はじめのうち私は、普通とは違うこのやり方に少々困惑していました。ペグの性格を十分承知しているコーマック医師はこの決断に理解を示し、こう言いました。「本人がそうしたいのだから、尊重してやらなくてはね」

「でも、できるでしょうか?」私は尋ねました。

「するしかない。必要なときには僕がいるから」医師はそう答え、言葉通りにしてくれました。

数か月のあいだ、ペグの状態は安定していて、こぢんまりした自宅でのんびりしていました。そこに、ミンおばさんと呼んでいた妹のメアリーがやって来て滞在することになりました。でもその滞在は、長くは続きませんでした。それというのも、ふたりは仲が良かったためしがないからです。数週間後には火花を散らし、見切りをつけたミンおばさんはバスに乗ってコークへ帰ってしまいました。ペグは、始終人が訪ねてくる昼間はひとりで大丈夫でしたが、夜は誰かが一緒にいてやる必要がありました。以前から眠りが浅い方でしたが、夜をより長く感じるようになっていたのです。ミンおばさんが帰ってしまった後、私の息子のシヨーンが、ペグの部屋で眠ることになりました。ふたりは夜中に様々な話をし、十歳の息子はペグが大好きになりました――一緒に過ごしながら、息子は長いお祈りの言葉を覚えたり、家族の歴史や教区内で起こっていることを聞き覚えたりしていきました！

ジャッキーの葬儀の後、ペグにはおびただしい数のお悔みカードや手紙が、教区のあちこちから、それに世界中から届いていました。ジャッキーは、とても長い間、村の中心的存在だったからです。毎朝ペグは朝食を済ませると、小さな居間に腰を据え、カードや手紙の一通一通に返事を書いていました。返事は、こまごまと説明する長いものになることもよくありました。ペグはこまめに手紙を書く人でした。それでも、あんなに悲しいことがあった後で、書くのに専念できるとは見事なことです。手紙を書いていると、心の苦しみが癒されていくようでした。もしかすると、まわりの人たちに自分の気持ちを話しづらかったのかもしれません。だから、古くからの友人に手紙を書くことが、心の痛みを訴えるのにちょうど良いはけ口となっていたのでしょう。深い悲しみの傷を癒すには、それを表に出すことが必要なのです。

ペグの体力はしだいに衰え、夜中の介護が必要になってきました。そこで私がショーンと交代し、夜の看護師の役目を始めました。ジャッキーは、片足を切断した後、一階で寝るようになりましたが、ペグは慣れ親しんだ寝室から離れたがりませんでした。しかしとうとう、ペグは階段を上ることができなくなりました。寝室が安らぎの場となり――いえ、実際のところ、全世界となり――そこに、飼い犬のトプシーと私も同居しているのでした。まだ若い頃のトプシーは、小さくて体重の軽いテリアでしたが、長い間愛情をたっぷり受け続けた結果、白くて巨大な柔らかいボールみたいになってしまい、四本の足でよたよた歩き、階段を上るのはほとんど不可能でした――私が後ろから抱き上げて階段を上ることも、よくありました。

ペグは率直な性格で、いろいろとうるさいこともありましたが、その頃にはずいぶん寛容でおとなしくなっていました。私はペグと一緒に、毎晩寝る前にブランデーとポートワインを飲みました。そうすると、ペグがよく眠れたからです。ある晩ペグがこう言いました。

「あたしがさっさと死んじまわないと、あんたがアルコール依存症になっちまうね！」

自分の死について詳しく知りたいと思っているのかどうか、私にはわかりませんでした。聞きたがるかと思うと、翌日には旅行に出かける計画を立て、死ぬことなどきれいさっぱり忘れているのです。告知すべきかどうか、私はコーマック医師に相談しました。

「『あたしは死ぬの？』って尋ねられたら、いったいどう答えたらいいんでしょう？」

「二つの考え方がある」医師は話し始めました。「最近は患者に率直に状況を伝えている。それが常にいちばんいいとは限らないけど。だって病人から希望を奪ってしまうだろう。今のペグは、気分がいい日がある――旅行の計画を立てられるくらいにね――もし、正直に答えてしまったら、いい日にもそれを思い出して、いい気分をだいなしにしてしまうことになる。どのみちペグは、自分で悟るだろう。でも、自分で気づくのと人に告げられるのは、まったく別だ。人に言われた言葉は、心に刻まれてしまうからね」

私には、この言葉はとても説得力がありました。数日後、ペグのいとこが数年ぶりに訪ねてきたとき、人生の旅路が終盤に差し掛かったと本人が気づいていることが、私にはわかりました。いとこがペグと話している間に、私は階下へお茶を入れに行きました。寝室へお茶を運んでいこうとすると、階段から降りてくるいとことすれ違い、その人は小声で何かぶつぶつ言っていました。いとこを追い返したペグは、ベッドで上体を起こしていました。以前からその人が好きではなかったので、見舞いに来ただけで機嫌が悪くなっていたのですが、「元気そうだね」と言われカチンときて、帰ってくれと言い放ったのです。

「鏡をのぞけばわかる」ペグは軽蔑したように続けました。「あたしには、すべてわかってるさ。あいつはあたしをばかだと思っているのかね？」

でもほとんどの場合、ペグは見舞客が来ると喜びました。好きな人が訪ねてくると、ことのほか嬉しそうでした。そのとき思ったのですが、重い病を患っている人を見舞うのは、親しい友人だけが良く、それも長居をしないことが大切なのです。善意に満ちた隣人たちがときどき来てくれたことに感謝しています。特に、ペグのそばに静かに坐っていてくれる人はありがたいと思いました。最も力を貸してくれ、状況を理解してくれたのは、自宅で介護を経験した人たちでした。姉のエレンのお気に入りの言葉を引用すると、「その人たちも、同じ立場に身を置いた」ことがあるからです。

少しずつペグは弱っていき、常に誰かがついていなければならなくなりました。数人で交代しながら介護をしました。コーマック医師が毎日往診に来てくれて、どれほど助かったかわかりません。当時、店でアンという素晴らしい女性が働いていて、お客の相手をする合間に、階段を上ったり下りたりしてペグの様子を見に行ってくれました。このように友人の援助があったからこそ、うまく乗り切ることができたのです。そして、他人からの思いがけない厚意にも勇気づけられました。例えばクリスマス前のある晩、階下へ降りていくと、おいしそうなミンスパイ[訳注]がいくつも入った箱が、食卓の上に置かれていたのです。心温まるできごとでした。うちの年少の子どもたちは、何の問題もなくペグの寝室へよく行っていました。けれども上のふたりは、しだいに衰えていくペグの姿に心を痛め、会いに行きたがらなくなっていました。ペグの人生最後の時間を共に過ごすうちに、私は何やら奇妙な気分にとらわれるようになりました。私も一緒に逝ってしまうような気がしたのです——極度の疲労と、病人の部屋であまりにも長い間過ごしたことから生まれた、異常な感覚でした。

死が近づくと、ペグは幻覚を見るようになりました。ある日寝室に入っていくと、こう尋ねてきました。「あの女に会ったかい？」

「誰のこと？」私は驚いて聞きました。

「灰色の服を着た女だよ。ベッドのその場所に腰かけていたけど、ちょうどあんたが入って来る前に出て行ったんだよ。会っただろう?」

ジャッキーが会いに来たと言ったこともあります。間違いなく、ベッドの足元に坐っていたと言うのです。ああ私たちは確かに、二つの世界のはざまを行き来している、そう感じた特別な瞬間でした。

ついにある朝、ペグは昏睡状態に入りました。隣人のベッツィが来てくれて、だんだんと死に近づいていく病人を不快な状態から楽にしてやるのを手助けしてくれました。ペグが天国へ召されると、深い静けさが寝室に入り込んできました。柔らかなベールのように、ベッドの周りを取り囲んでいます。私は、内側がどうなっているのか想像もできない深い神秘の淵に立っているような気分でした。ペグは、人間である私の理解を超えた崇高な静寂の中へと消えていったのです。

それから私は階段を下り、小ぢんまりとした居間に入っていきました。そこで、長年ペグが愛情をもって集め、磨き続けた様々な物を見渡しました。もう二度と、ペグが触れることはないのです――そう考えると、死とは本当に終局なのだという思いに襲われました。長くつらい道のりではあったけれど、ペグと共に歩くことができたことを、私はありがたいことだと思いました。葬儀が終わると、私たちはペグの家の玄関に鍵をかけ、何か月もの間、中に入りませんでした。ペグが使っていたささやかな場所や大切にしていたものをすぐに整理してしまうのは、良いことには思えなかったのです。ペグは逝ってしまいました。でも、その思いまで消してしまいたくはありませんでした。悲しみを和らげるには、時間が必要でした。

その頃、奇妙な同じ夢を何度も見ました。夢の中で私は、ペグの家の階段を駆け上がり、寝室のドアを開けて中へ入るのですが、そこには誰もいません。無の中に飲み込まれ、パニック状態で目を覚ますのです。でもその夢も、しだいに見なくなりました。

その後、ジャッキーとペグの家を改築し、店のスペースにすることに決めました。ある日私たちは、家具をいっさいがっさい裏庭に運び出し、キクイムシにやられている部分の手当てをし、きれいに磨いてからわが家に運び入れました。ペグが亡くなったのは三月でしたが、この古い家を片付けるのに夏じゅうかかりました。ゲイブリエルの姪のドロレスが毎日やってきて、手を貸してくれました。ジャッキーの家族の四世代がその家に住んでいたのです。古い手紙や写真を整理するのには時間がかかります。それでも、やるべきことです。そういう時間を取ると、愛する人を静かに送ることができ、心の傷が和らいでいくからです。つらく悲しい作業ですが、別の見方をすれば、故人をしかるべき彼方へ愛情を込めて送り出しているともいえるのです。長年のあいだ、ペグはこまごましたかわいらしい物を収集して大切にしていました。ペグとジャッキーを心から愛したからこそ、私たちもその遺品を大切にしているのです。家族が集めていた品物は貴重です。集められた物には、長い間の愛情が込められているからです。誰かが亡くなり、その人が残した物を愛情と敬意をもって扱うと、自分が癒されることがわかりました。

足場

私が亡くなり
残したものを
あなたが
整理するなら
置いていった品を
丁寧に見てください
水差し、写真、本
それに大好きな庭

他人にとっては
何の価値もないもの
でもそれは
美しい瞬間に

満ちていた
ある人生が残した形見
そして
足場でもあるのです

優しく手に取って
丁寧に置いてください
その品がいちばん
大切にされる場所に

訳注
ミンスパイ――ミンスミート（ドライフルーツ、ナッツ、ラム酒などを混ぜ合わせたもの）を詰めた、直径六、七センチほどの円形のパイ。クリスマスに食べる。

第十三章　落ち着きのない心（ミンおばさん）

　ペグおばさんが亡くなったあと、わが家にその妹のミンおばさんが定期的にやってくるようになりました。ところが、お客をもてなす才能が私にないのか、それとも、おばが多くを要求しすぎるのかわかりませんが、どこかに何か落ち度があり、うちの家族がおばの期待に応えることは、まずありませんでした。もしかしたら、おばは夫や十代の子どもたちに自分の生活習慣を邪魔された経験がなかったからかもしれません。常に自分ひとりきりで生活していたので、家族生活につきものの煩わしさというものを知らなかったのです。

　当時、うちの四人の息子は全員十代でした。十代の若者とは、その年齢圏内に足を踏み入れたとたんに人間らしくなくなり、両親が長い間辛抱強く接してようやくもとに戻るのだということを、おばが知っているはずはありません。子どもたちを美徳のかがみに変貌させるという幻想を、おばは抱いていましたが、これは、私がずいぶん前にあきらめてしまっていた野望でした。行儀が悪い、しつけがなっていない、反抗的だなどと、ことあるごとにおばは私に告げてきます。私は、子どもたちを改心させる魔法の方法など知りませんでしたが、おばは自信満々で、極意を心得ていると言わんばかりでした。そのため、体中にホルモンがみなぎってじっとしていられない息子たちとおばとの間には、常に意見のぶつかり合いが生じていました。それにこのおばは、お気に入りの人形を抱えて、おばの寝室に行くと言ってきかない幼い娘でさえ、言いくるめて部屋から追い出してしまうのでした。

ミンおばさんは優れた料理の腕前の持ち主で、毎年旅行シーズンになると様々なホテルで料理人として働き、素晴らしくおいしい食事を作りました。キッチンにすっかり馴染み、ホテルの運営に欠かせない人物になると、マネージャーたちと衝突し始めます。どのマネージャーより、自分の方がホテル経営に詳しいと思い込んでいたので、理想的な労使関係が育つはずがありません。その結果、旅行シーズンの終わり頃には激しい言い合いとなり、二度と戻ってくるもんかと捨てゼリフを残して仕事を辞めてしまうのです。そうして、へとへとになったホテルのマネージャーたちは安堵のため息をつくのでした。次の年は別のホテルで仕事をし、同じ武勇伝が初めから繰り返して演じられます。それでも、抜群の料理の腕前があるため、常に引く手あまたでした。

ホテルの仕事から完全に引退すると、ときどきわが家に来て滞在するようになりました。台所仕事をすべてしてくれたので、私には都合が良かったのですが、あらゆる幸福の源は食事であるという強い信念を持っていたので、うちの家族との間で何度もいさかいを起こしました。おばの考えでは、食卓に食事が出されたら、どんなものにも優先されるべきなのです――たとえハーリングの全アイルランド優勝決定戦であっても！　ゲーリックスポーツが第二の宗教ともいえる家庭ですから、争いは絶えませんでした。ある年、ゲイブリエルと私は子どもを数人連れて、ダブリンのクロークパークスタジアムへ優勝決定戦の観戦に行きました。その間、残った子どもたちの世話を、同居していたコンに頼んでおきました。わが家では、テレビでハーリングの決定戦が始まったとたん、おばがスイッチをパチンと消して、とてもおいしい食事ができたから今すぐ食べなさい、と命令したのです！　家庭内の平和を保とうとしたコンの努力の甲斐もなく、その晩私たちが帰宅すると、わが家は動乱の真っただ中で――おばは、この恩知らず、と言い渡し、抗議の声を上げながら翌朝のバスでコークへ帰っていきました。

　ミンおばさんは体調が良いときでさえ、体のあちこちが悪いと気に病む人でしたが、年をとるにつれ、思い込みはさらにひどくなっていきました。おばのバッグは、さながら携帯薬局のようで、交換して友人から手に入れた錠剤や、有効期限切れの薬がぎっしり詰め込まれていました。

　そしてとうとう、おばは、わが家で一緒に住むことになりました。これ以上コークの自宅でひとり暮らしをすることができないほど体調が悪くなり、イニシャノンのわが家に引っ越して来たのです。かかりつけ医によれば、心臓が弱っている上に合併症も患っていました。

はじめのうちこそ台所に君臨していましたが、しだいに病状が悪化し、寝室に引きこもるようになりました。様子をすぐ確認できるように、台所の隣の部屋に入ってもらいました。ベッドに寝たきりでひとりにされるのを嫌がったので、用があるときにいつでも鳴らせるように、大きな真鍮のベルを渡しました。すると、そのベルがひっきりなしに鳴り続けるのです！　気の毒なことに、おばの心は常に落ち着くことなく生きてきました。そして今、ひとところで動かない状態をとても窮屈に感じているのでした。ペグおばさんとは違い、何かと手のかかる病人でした。電気毛布を敷き、ヒーターを最大限にしてもひどく寒がり、湯たんぽのお湯をもっと熱いものに入れ換えるよう、しょっちゅう要求してくるのです。この要求を解決するため、息子は、おばの寝室から出たところで熱々の湯たんぽを抱えて数分間待ち、お湯を入れ換えたふりをして戻っていくありさまでした！　ベルが何時間も鳴りやまないので、私は台所に来て流しの蛇口をしっかり握り、自分に言い聞かせていました。アリス、笑って。でなきゃ泣き出してしまうわよ。流しの上の棚に、「あきらめないで」という題の詩を置いておきました。我慢の限界がくるたびにその詩を読みます。すると、またどうにかやっていくことができるようになるのです。自宅で老人を介護するのは、忍耐力を試されるようなものです。どうってことないわよ、などと言う人は、介護を経験したことがないに違いありません！

そして突然、介護は終わりを告げました。聖金曜日の晩遅く、おばの寝室へ入くと、事態が急変したことに気づきました。何か言いようのない静けさに包まれていたのです。ベルはもう鳴りませんでした。その晩、私たちが見守る中、おばはゆっくりと昏睡状態に入っていきました。復活祭[訳注]の日の朝早く、おばは静かに旅立ちました。落ち着きのない心は、ようやく安らぐことができたのです。

今では、家族のお祝いごとがあると、私はミンおばさんを思い出します。おばは、私の結婚祝いに、金の縁取りを施したクリーム色のディナー用食器類一式を贈ってくれました。何枚ものお皿や鉢、キャセロール鍋のセットです。家族や親戚が大勢集まって特別なお祝いをするとき、私はこの食器セットを取り出して使います。この上なく美しくおいしい食事を用意することが、おばの人生に喜びをもたらす、数少ないことのひとつでした。食事というものを愛したおばは、食卓で思い起こされるのにふさわしいのです。ありがとう、ミンおばさん！

訳注
復活祭――キリストの復活を祝う祭り。春分後の最初の満月の次の日曜日。聖金曜日は、復活祭前の金曜日。

第十四章　やる気にさせてくれる人（編集者のスティーブ）

バイオリンを抱えた男性が、会葬者の間をゆっくりと静かに進み、スティーブの棺の足元で止まりました。そこで腕の下に抱えていたバイオリンを持ち直し、弓を持ち上げ弾き始めると、美しい旋律が響き渡ってスティーブを包み込み、会場全体が水を打ったように静まり返りました。ブランドン・ブックスの創設者、先見の明があり熱意をもって同社を経営していたスティーブ・マクダナが、私たちの人生から突然いなくなってしまったのです。スティーブに別れを告げるため、人々は集まっていました。

丈の長い黒い祭服や白い羽織を身に着けた司祭の姿はありません。こんな閉ざされた空間は、スティーブにはふさわしくないように思えました。それでも、バイオリン奏者がかなでる優しい調べが、私たちの知らない崇高な精神世界への扉を開き、美しい鎮魂曲がスティーブの魂を、人間世界の境を越えた向こう側へと運んでいきます。バイオリンの音色は、祈りも聖奠（せいてん）[訳注]も何もかも包み込んでいました。ありふれた世俗的なことをすべて超越していたスティーブの、最後を飾る曲として似つかわしいものでした。

その日の夕方、暮れなずむ夕日の中を、娘のレナと私は美しいケリーの山々の合間に車を走らせ、家路を急いでいました。スティーブは、わざわざこの土地を選んで自宅を構え、ブランドン・ブックス社を設立したのです。私は、彼と共に仕事をした長い時間に思いを馳せていました。

二十四年前の一九八七年の春、私はスティーブに『アイルランド田舎物語――わたしのふるさとは牧場だった』の原稿を送りました。ブランドンというその名前から、また、ケリーに本拠地を置いていることから、根っからのケリー男を相手にしているものと思い込んでいました。けれども、電話でスティーブとふたことみこと言葉を交わすとすぐ、ケリー男ではないと気づきました。話し方が、アイルランド人とイギリス人とが奇妙に混じり合ったように聞こえたのです。初めての会話が進むにつれ、私は不思議に思わざるをえませんでした。なぜこの人は、ディングル半島というへんぴな土地に出版社を構えているのだろう。そして話しているうちに、ディングルの伝統と文化にどっぷりと浸かりたかったのだということがわかったのです。とりわけ、毎年行われるミソサザイ狩りの祭り[訳注]は、スティーブにとって一年のハイライトのようでした。

電話で話し、翌日の昼食を共にする約束をしました。実際に会ってみると、あごひげをたくわえた物腰の柔らかな大男でした。そして私のことを、頭にショールを巻いたペグ・セイヤーズ[訳注]みたいな女性だと思っていたというのです！　当時の私は老女と呼ばれるにはまだ少々若く、手足も曲がってはいませんでした。でも今は、そうなりつつあります！

その日、スティーブが私の原稿を気に入ってくれたのは明らかで、私は天にも昇る心地で帰宅しました。初めて書いた原稿を出版社に受け取ってもらい、すっかり有頂天になっていたのです。スティーブには、細部をもっと具体的に書き、章を増やすようにとアドバイスされました。私にとってはたやすいことで、その夏の間、店の忙しい仕事と家事をこなしながら、こっそりと屋根裏部屋へ上がっては、この指示に従って書き続けました。そして秋には、原稿を郵送しました。

『田舎物語』の出版で私たちの長い旅は始まり、その後数年の間に、ブランドン・ブックスから私の本が十五冊出版されました。スティーブは、情け容赦ない、それでいて最高の編集者でした。私が楽をすることは許されませんでした。スティーブが繰り返し口にしたのは、「もうこれ以上良くなるはずがないと完全に満足するまで原稿を手放すな」でした。常に最高を求めていたので、私の原稿をめちゃめちゃに切り刻んで突き返してくることもあり、そのため小さな戦争が勃発したこともあります！　そんなけんかの最中に、私はスティーブに詩を送ったことがありました。「言葉を切り刻む者」と題したその詩を、スティーブはたいそう面白がったのです！

スティーブと仕事をするのは本当に楽しく、長年にわたり、執筆したものをブランドン・

ブックスで出版しながら、私はチャレンジ精神を保ち続け、仕事を楽しんでいました。スティーブは、ブランドン・ブックスそのものでした。自分で編集し、出版し、宣伝もこなしていたのです。私が書き始めたばかりの頃、わが家に来たスティーブは、写真を撮るためにゲイブリエルと私を中庭に引っ張り出しました。当時の庭は、雑草がぼうぼうに伸び放題でゴールポストも立っているし、犬までいるという有様でした。ぐるりと見渡すと、がっかりした面持ちでスティーブが言いました。「庭らしく見える場所はないのかい？」それから数年の月日がたち、本を何冊も出版した後、私はガーデニング熱にかかりました。すっかり様変わりした中庭を眺めながら、スティーブは今度はこう言ったのです。「初めてここに来たときは、書くことに夢中で庭はひどかったね。でも今じゃあ、ガーデニングばかりで書く方はさっぱりだ！」

けれど、やって来たスティーブとふたりで紅茶を飲みながらおしゃべりしているうちに、そんな私の態度がすっかり変わっていくのが常でした。次の本の企画で頭が一杯になってしまうのです。スティーブは、人をやる気にさせるのが素晴らしくうまく、熱意を人に感染させてしまうのです。先見の明もある人でした。原稿に締め切りを設けて仕事を進めていたわけではありませんでしたが、スティーブにやんわりと急かされ、一冊そしてまた一冊が完成していきました。そうするうちに、スティーブはかけがえのない友人となり、まるで親戚のようになっていったのです。スティーブが来ていると、息子のマイクが笑いながらこう言うことがありました。「なんだい、またぼくんちをひっかき回しに来たのかい?」

長年にわたり、スティーブと私は、ノンフィクションの出版から始め、小説や詩の出版に移り、それからまたノンフィクションに戻りました。初めの頃は、出版記念イベントはしていませんでしたが、そのうちにダブリンやコークでするようになりました。そして、私の住むイニシャノンでイベントを行うよう落ち着いたのです。イニシャノンでは、地元の画廊プライベート・コレクターでイベントを行い、村中の人々が集まってくれました。地元で行うイベントは格別で、スティーブも必ず来てくれて、音楽を聞いたり、歌を歌ったりと、毎回本当に楽しいひとときを過ごしました。

葬儀の晩、ディングルでスティーブに永遠の別れを告げ、家路をたどりながら、娘のレナと私は、彼の人生や終わったばかりの葬儀について話していました。レナは、幼い頃からスティーブを知っていました。スティーブは人生を謳歌していた、会葬者はみんなそう言うでしょうね、そうレナがつぶやきました。そんな風に自分を思い出して欲しい、誰もがそう思っているわよね、と娘は続けました。

この二年間、私は、死を悼むというテーマのこの本を執筆してきました。本書は、ブランドン・ブックスから出版されることになっていました。スティーブが突然逝ってしまう少し前、修正すべき箇所を示した指示書を、私に送ってくれていました。その指示に従い、半分ほど手直ししたところで、彼は突然亡くなってしまったのです。

訳注

聖奠――スティーブはアイルランド国教会の信者。聖奠は、国教会の様々な儀式を指す。

ミソサザイ狩りの祭り――藁を身にまとった人々が、ミソサザイの死骸に見立てた飾りを掲げて家々を回り、音楽をかなで、歌ったり踊ったりする。毎年十二月二十六日に行われる。

ペグ・セイヤーズ――一八七三年～一九五八年。ケリー州生まれの語り部。アイルランドに古くから伝わる伝説や民話を語った。

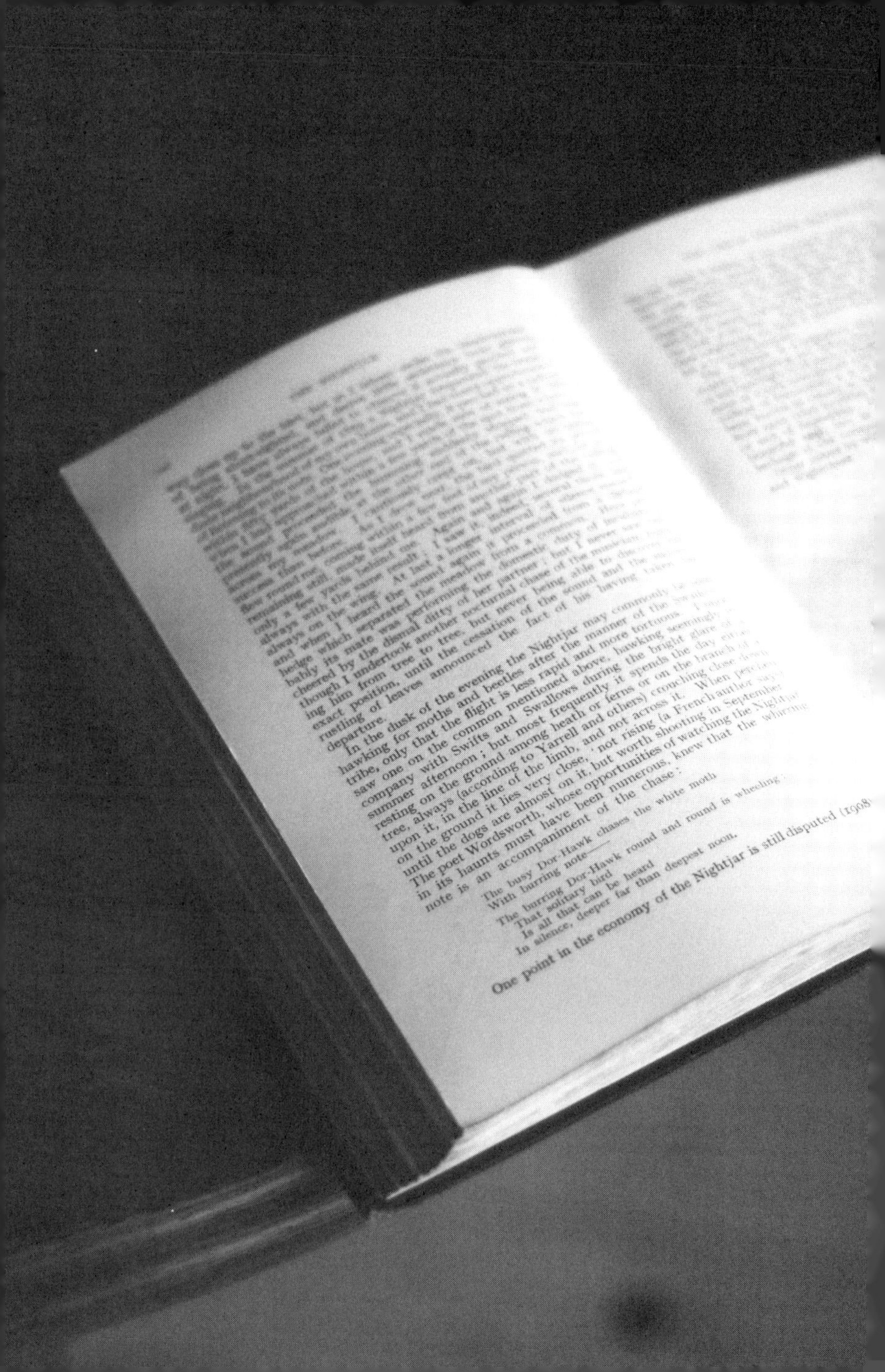

In the dusk of the evening the Nightjar may commonly
hawking for moths and beetles after the manner of the
tribe, only that the flight is less rapid and more tortuous.
saw one on the common mentioned above, hawking seemingly
company with Swifts and Swallows during the bright glare of
summer afternoon; but most frequently it spends the day
resting on the ground among heath or ferns or on the branch of
tree, always (according to Yarrell and others) crouching close down
upon it, in the line of the limb, and not across it. When
on the ground it lies very close, 'not rising (a French author says)
until the dogs are almost on it, but worth shooting in September
The poet Wordsworth, whose opportunities of watching the Nightjar
in its haunts must have been numerous, knew that the whirring
note is an accompaniment of the chase:
The busy Dor-Hawk chases the white moth
With burring note——
The burring Dor-Hawk round and round is wheeling
That solitary bird
Is all that can be heard
In silence, deeper far than deepest noon.
One point in the economy of the Nightjar is still disputed

人は、孤独に慣れていくものです。はじめは、私の体の細胞のひとつひとつが、ひとりでいる寂しさに泣き叫んでいました。でも、しだいに心が落ち着くようになり、強くなっていきました。人は、そうやって自分の心のありかたを探っていくのです。心はたくましく、奥深いものです。心の奥深い部分を探るのに役立つ道具に、創造性があります。創造性は、寂しさから健全な状態へ抜け出すための手段になるのです。自分には創造的な才能などないという人もいるでしょう。けれども、そんなことはありません。私たちはみんな、神によって造られた存在です。ひとりひとりの中に創造性をたたえた池があり、ときどきその堰が開かれます。その中には、あまたの苦しみを癒す泉があるのです。私はそう信じています。

創造するということは、芸術や音楽、詩の世界に限られると考える人がいます。けれども、創造的であるということは、あらゆる分野の活動に当てはまることで――料理や木材加工、編み物、洋裁、ガーデニング、養蜂など、脳を創造的に使うような活動すべてに当てはまるのです。そういう活動をすることで、私たちは人間らしくなり、活力を取り戻し、気持ちをリフレッシュさせることができるのです。

私にとってのいちばんの癒しは、大地と触れ合うことです。何時間も大地を掘り起こしていると、気持ちを穏やかに、豊かにさせる何かが、私の心の中にしみ込んでくるのです。これは、私にとって自然の不思議のひとつでした。ところが最近、ニューヨーク大学で行われた実験でわかったことですが、土をいじっていると土壌に存在する、バクテリアの一種が出てきて体内に入り、混乱した心を静め、体力を回復させるのだそうです。この結果は、大地に生きた私たちの祖先が、なぜ貧困や飢饉などの苦難を乗り切ることができたかということの説明になるかもしれません。祖先の人々は、命を支える大地や動物の世界と間近に生きていたのです。

先日、若い妻をがんで亡くしたばかりの、ある農夫と話をしていました。そのとき、彼はこう言ったのです。「牛が慰めになるよ」この人の言いたいことはよくわかります。牛には、どっしりした安定感があるのです。我慢強く生きていて、この世のならわしを理解しているからです。愛する人の死に遭遇すると、私たちの心はもろくなり、傷つきやすくなります。そんなとき、人工的なものや薄っぺらなものには、癒しを見出すことはできません。心を穏やかに落ち着かせるためには、真の友人に支えてもらいながら、いつもと同じ日常をこなしていくしかないのです。心の苦痛を和らげ、事実をゆっくりと受け入れて折り合いをつけるには、静けさも必要です。

お墓参りにも癒しの効果があります。私は、たいていそのあと近くの教会へ行き、しばらく静かに坐っていました。静かな場所の落ち着いた静けさは、癒しの効果が高いからです。死の悲しみから立ち直るには、心の奥が落ち着き、安定することが大切ですが、体を静かな場所に置くことで、心も静まることがあるのです。

もうひとつ、悲しみに対処するのに効果があったのは、悲しみ日記をつけるということです。朝、暗い気分になっていてベッドから出たくないとき、私は日記をつけました。何を書くか決めて書いていくのではなく、感じている苦しみをそのまま綴っていったのです。ベッドのすぐ脇か枕の下に日記を置いておき、悲しくてどうしようもない朝、取り出して書いていました。

書くという行為は
凝り固まった悲しみを和らげる
悲しみが私のペン先から
まっさらなページの上に流れ出るから

新しい一日を迎えるのには常に苦痛が伴います。ベッドから体を起こすだけでも大変な努力がいるのです。私の場合、起きてすぐシャワーを浴びると、うまく一日を始めることができました――体を清潔にするためではなく、自分を鼓舞するために浴びるのです！　これは、ただの日常的な行為に思えるかもしれません。でも、シャワーを浴びると血液が体中を巡るようになるし、それに、人間らしい心地がするのです。

「あのとき、こうしていれば」とか「あれさえしておいたら」という堂々巡りには、陥らないよう気をつけました。入り込んでしまうと、後悔の念にとらわれてしまい、考えれば考えるほど、その思いが強くなってしまうからです。それでも、愛する人たちの最後の時間にもっと一緒にいてあげたかったという気持ちには苦しみました。もっと苦痛を癒してやることが、どうしてできなかったのだろう？　なんであれをしてやれなかったのだろう？　こう言ってあげていれば！　そんな気持ちを数え上げたらきりがありません！　これはむだな行為であり、できることなら、この堂々巡りに入り込むドアに「立ち入り禁止」の札を掲げなければならないのです！

一晩中眠ることができなかったり、朝早く目が覚めてしまったとき、癒し系のテープを聞くと効果がありました。嫌というほど続く眠れぬ時間を楽にしようと、様々なテープやＣＤを集めました。また、歩くことも効果がありました。以前、友人のひとりが、こう言っていました。「歩くと幸せホルモンが分泌されるのよ」これは本当でした。

悲しんでいるときは、自分に優しく接しなければなりません。死を悼んでいるときは、病院の集中治療室で治療を受けているようなものですが、自分自身が患者であり、看護師でもあるのです。リフレクソロジーやマッサージを受けると、悲しみによってできた心のしこりをもみほぐすことができるということもわかりました。悲しみの最中にもらった品で、気が利いた贈り物だと思ったのは、ラベンダーの香りのするアイ・ピローです。横になってこれを目の上に置き、穏やかな楽器の音色に耳をかたむけていると、気持ちが静まってくるのです——ときとして、言葉というものが、煩わしくなることがあります。だから歌ではなく、楽器音楽がいいのです。

台所の食卓の上に花を飾っておくと、しじゅう目に入るので、気持ちが和みます。私たちの心の状態に色彩が良い影響を与えるからです。生き生きとした花は、私たちの心を穏やかに癒してくれるのです。

生花

花束をください
みずみずしく生き生きとした花々の
だけど、長持ちしなかったら?

先のことはわからない
今だけで精一杯だから

しばらく前に、私は瞑想を始めました。瞑想と聞くと、外界から切り離された状態や隠遁生活を思い浮かべる人もいるかもしれません。でもそうではなく、瞑想は、私たちの日常生活にも取り入れることができるものなのです。「ケルトの虎」[訳注]がうなり声を上げ、アイルランドが好景気に湧き立つ前、瞑想は日常生活の一部でした。誰しも、子どもの頃は、自分ひとりの時間がたっぷりありました。瞑想は、子どもの頃過ごした時間と同じように、心の混乱を鎮めてくれます。そうすると、人生で何か問題に直面したとき、より穏やかな解決方法を見つけることができるようになるのです。国民の一定の割合が瞑想をしている国では、暴力的な行動が減少してきているという調査結果もあります。ジョン・メインという人が執筆した、瞑想の初歩的な手順をわかりやすく説明した本を見つけました。瞑想はシンプルですが簡単ではありません。メインによれば、私たちの心は、キーキー騒ぎ立てる猿でいっぱいの森のようなものです。猿を静かにさせるには、静寂が必要です。それなのに私たちは、猿より大きな声を出して叫ぼうとするのです。

悲しみが始まったばかりの段階では、心に深い溝が刻まれてしまい、残念なことに、そこから逃れることはできません。悲しみというものは長い間記憶に残り続け、繁みにじっと潜む蛇のように、何年ものちに頭をもたげることがあります。ダイアナ元皇太子妃が亡くなってからしばらくの間、イギリス中が深い悲しみに包まれていました。もしかするとあれは、イギリスの人々が、人の死を悲しむことをずっと我慢していて、その反動が現れたのかもしれません。悲しみを表す手段は、国によって異なるのです。

私は、近頃のアイルランドの葬儀の傾向には、あまり感心できません。葬儀を演出過剰なバラエティ番組にしようとしているように思えます。今では、教会に人が最も集まるのは、葬儀になってしまいました。人々が集う機会が少なくなり人間関係が希薄な社会で、人との関係を築く場所として葬儀を利用しようというのでしょうか？　そのこと自体は悪くないかもしれません。でも、遺族のことを考えてみてください。遺族がどんな気持ちでいるか、考える必要があるのではありませんか？　不幸な最期であればあるほど、多くの人が集まってきます。遺族は、永遠とも思えるほど長いあいだ、ときにはまったく面識のない会葬者と、あいさつを交わし手を握り合い続けるのです。これでは、悲しみに傷ついた遺族の心は麻痺してしまうでしょう。少し落ち着いてよく考えてみようと、声をあげる人はいないのでしょうか？　司祭がそれをするわけにはいきません。最近では、遠慮してものを言わないのですから。葬儀屋も無理でしょう。葬儀を取り仕切る側ですから。もちろん、遺族にそんなことはできません。取り乱していて、決まりきったやり方を変えるどころではありませんから。人の死など「たいしたことではない」と考えるよりは大げさな葬儀を行う方がましですが、物事にはバランスというものがあります。近頃は、葬儀のあと食事をごちそうするため、大勢の会葬者をパブやホテルに招待しますが、これも、私にはやり過ぎに思えます。これは、もとをただせば、遺族の力になろうと遠方から故郷に帰ってきた人たちにごちそうするという行いだったのです。でも、大勢で食事をして、遺族は慰められるのでしょうか？　それに、葬儀のときは、誰も出費については考えることなく飲んだり食べたりするものです。けれども、数か月後に支払いをするのは、遺族なのです。

数年前、親戚の葬儀に出席したときのことです。夫を亡くしたその人は、墓地から、子どもたちが手配してくれたホテルへ向かおうというとき、悲しげにこうつぶやいたのです。「ああ、うちに帰りたいわ」私が「あなたのしたいようにするといいわ」と言ったので、その人は自宅へ戻って行きました。葬儀に来ていた人々にわかってもらうのは大変でした。でも、ときには立ち止まり、自分自身のために事を運ぶ必要もあるのです。

何か課題に取り組むと、悲しみ一色の心を他の方向へ向けるのに役立つことがあります。何かに夢中になっている間に心が癒され、気持ちが楽になるからです。けれど、もちろん死の悲しみからは、逃れることはできません！　悲しむことにエネルギーが費やされ、しているることに没頭できないときもあります。でなければ、気を紛らわすため何かに必死になりすぎて、すっかりくたびれてしまうこともあります。

動き続けて
やめるのが怖い
やめたら粉々に
壊れてしまいそうだから

粉々になったら
もう元通りには
戻らないのかしら？

悲しみの旅路を進んで行くうちに、どうするのがいちばんいいかわかってきます。死をどのように悼むかは、ひとりひとり違っているので、人はみな、自分のやり方で悲しみと向き合っていくのです。

二〇〇一年に親戚のコンが亡くなったとき、私は本を執筆しました。その本は出版されませんでしたが、私を執筆に没頭させるという目的を果たし、悲しみを吸い取ってくれました。二〇〇五年に夫ゲイブリエルが永眠したときは、中庭を造り直しました。何時間も土を掘り起こしていると、正気を保つことができました。体にはきつい作業でしたが、心には効果があったのです。二〇〇九年に姉エレンが他界した後は、自宅の屋根を葺き替え、断熱材を入れる工事を行いました――作業が行われる間、私は屋根裏部屋で眠り、毎朝、屋根から響いてくる金槌の音で目を覚ましました。おかげで、何はともあれ起き出すことができたわけです！

今になって考えてみると、こういう行いはすべて現実に向きあうためのメカニズムだったとわかります。悲しみの深い溝にはまり込んでしまうと、苦しみの輪の中をぐるぐる回り続けることになります。何かをやり始めて一時的にでも輪から抜け出せば、溝からはい上がることができるのです。そして、没頭していることから気持ちをそらしてみると、溝が少し浅くなっているので、前ほど深くはまり込むことはなくなります。

人にお悔みを言われても涙が出なくなったとき、本当にほっとしました。いつも通りの毎日を送ることで、心を落ち着けることができたのです。けれども、家族を亡くした後、初めて遠くへ出かけるには、大変な努力が必要になります。

ギャップ
あなたと一緒に
行った場所

その場所は
ひとりきりでは
広すぎる
家に帰って
閉じこもりたい
涙をこらえることも
平気をよそおう
必要もない場所に

秘密

あなたは逝ってしまった
だから私はひとり
浜辺を歩く

小さな丸い石を

拾い上げ
波や砂の中できらめいていたその石を
指でもてあそぶ

硬くなめらかな石は
海と大地の
秘密を守っている

ひとりじっと閉じこもり
石はまるで死のように
得体がしれない

気乗りのしないところへ仕方なく出かけて行くのはつらいことですが、私は、立ち直るのに少しでも役立ちそうなことがあれば出かけて行きました。帰宅して、坐っているはずの人がいないイスを目にするのも、何度も繰り返しているうちに、耐えられるようになりました。亡くなった人を弔う方法として葬儀がありますが、人が心の中の悲しみを乗り越える手段は、それぞれ違っています。ひとりひとりが自分なりの方法を見つけなければなりません。

私たちの心の中には、自分でも気づいていない力がため込まれている場所があります。苦しみにもがきながらも、その場所を探していると、耐え忍ぶ力が脈打っているその場所に、行きつくことができるのです。

山峡の滝

轟音をたてて落ちる滝が
悲しみという傷口に　硬く貼りついた
かさぶたを吹き飛ばす

苦痛が炸裂して
叫びをあげる
荒れ狂う激流と共に

それでも　強烈な水の流れは
情け容赦なく
傷の奥へと切り込んできて

閉じ込められた悲しみにたどりつく
私は泣き叫ぶ
怒りながらも解き放たれて
流れがぶくぶく泡立って
囚われていた痛みを流し出していくから

そして嵐が静まり
冷たい水が
私の内部を洗い流す

今はもう　悲しくても
穏やかでいることができる

愛でつながる
あなたは逝ってしまった

私はまだここにいて
一緒に過ごした時を思い
あなたを失って悲しんでいる

でも私たちは
時を分かち合っただけではない

私は残り
あなたは逝ってしまったけれど
離れ離れになってはいない
あなたと私は
地上にいたときより
ずっと近くにいるのだから

私たちの愛は
生と死をつなぐ虹
今も私たちは結ばれている

歓迎

雨の多い長い冬が
私たちの心をびしょ濡れにする

激しい雨で
濡れそぼった魂は
春の気配を
歓迎している

閉じ込められていた籠から
再び飛んでいけと
解き放たれた小鳥のように

復活祭

友からの贈り物の
ライラックを植えた

大地に生えたその姿は
蘇ったキリストのよう

友情と復活というものは
同じの木の別々の枝かも

親切

あなたの温かい親切が
心に残っている
計り知れないほどありがたい
善意に満ちていた

いちばん苦しいときに
優しい手を差し伸べてくれ
凍っていた私を溶かし
生き返らせてくれた

訳注
ケルトの虎――一九九〇年代半ばから二〇〇〇年代半ばまで続いた、アイルランドの急
速な経済成長を表す言葉。

訳者あとがき

アリス・テイラーの邦訳書は、『アイルランド田舎物語――わたしのふるさとは牧場だった』（高橋豊子訳、新宿書房）を初め、シリーズで四冊出版されています。私はこのシリーズが大好きで、何度も読み返していました。

アリス・テイラーは、少女時代まで丘と牧草地に囲まれた農場で過ごし、結婚して移り住んだイニシャノンも、森に囲まれ小川の流れる美しい村でした。そして七十八歳になる今も、イニシャノンの自宅で健筆をふるっています。しかし、アイルランド国内で最も愛されている作家のひとりであるアリスが、作家としてのキャリアをスタートさせたのは、人生の後半になってからでした。

結婚してから、夫と共にゲストハウスを営んだり、村でただひとつの郵便局兼食料雑貨店を経営したりして生活していました。そして、五人の子どもを育て、家事をこなすかたわら、村の人々に依頼して昔の思い出を振り返る文章を書いてもらい、それを編集して『イニシャノン・キャンドルライト』という雑誌として出版していたのです。自分自身でも子ども時代を回想する言葉を綴っていましたが、その文章が出版社の目に留まりました。それが単行本（前掲書）として出版されると、大ベストセラーになったのです。アリスは五十歳になっていました。

本書『とどまるとき *And Time Stood Still*』は、アリスが、今は亡き自分の家族や親戚について追想するものです。素朴で心温まる言葉で、ときにはユーモアを交えて、大切な人々と過ごした時間や彼らがどのように天国へ旅立ったかを綴っています。また、数々の死別を経験した彼女が、悲しみをどのように乗り越えてきたかも語っています。故人との大切な時間をたどると共に、アイルランドの昔日の追想ともなっていて、日本人読者の方々にも、どこかなつかしさを感じさせる作品ではないかと思います。二〇一二年に出版されるとベストセラーになり、その年の「アイルランド図書賞」の国際教育局国内出版最優秀作品部門で最終選考に残りました。読む人に家族や友人の大切さを思い出させ、人の心のたくましさやしなやかさを再認識させてくれる作品です。

本書の出版に際し、編集作業に尽力してくださった未知谷の伊藤伸恵さんに心より感謝申し上げます。また、翻訳作業を進める際、前掲の新宿書房のシリーズを参考に致しました。訳者の高橋豊子さんに、この場を借りて御礼申し上げます。

二〇一六年十一月

高橋　歩

Alice Taylor

1938年アイルランド南西部のコーク近郊の生まれ。結婚後、イニシャノン村で夫と共にゲストハウスを経営。その後、郵便局兼雑貨店を経営する。1988年、子ども時代の思い出を書き留めたエッセイを出版し、アイルランド国内で大ベストセラーとなる。その後も、エッセイや小説、詩を次々に発表し、いずれも好評を博した。現在も意欲的に作品を発表し続けている。

たかはし あゆみ

1967年新潟市の生まれ。新潟薬科大学准教授。英国バーミンガム大学大学院博士課程修了。専門は英語教育。留学中に旅行したアイルランドに魅了され、毎年現地を訪れている。訳書にR. ホガーティ『スーパー母さんダブリンを駆ける』（未知谷）がある。

©2016, TAKAHASHI Ayumi

And Time Stood Still
とどまるとき
丘の上のアイルランド

2016年12月10日初版印刷
2016年12月20日初版発行

著者　アリス・テイラー
訳者　高橋歩
発行者　飯島徹
発行所　未知谷
東京都千代田区猿楽町2丁目5-9　〒101-0064
Tel. 03-5281-3751 / Fax. 03-5281-3752
［振替］ 00130-4-653627
組版　柏木薫
印刷所　ディグ
製本所　難波製本

Publisher Michitani Co. Ltd., Tokyo
Printed in Japan
ISBN978-4-89642-516-1　C0098

高橋歩の仕事

スーパー母さんダブリンを駆ける

一四〇人の子どもの里親になった女性の覚え書き

リオ・ホガーティ

メーガン・デイ 執筆協力

高橋歩 訳

2010年ピープルオブザイヤー
Inspiring Mum of the year 受賞の
パワフル母さん、半生記

はじまりは11歳の頃、
困っていた同級生を連れて帰ってきたこと。
トラックを駆り、マーケットを廻る
行く先々で路頭に迷う子どもたちがいる。
「できることは何でもするわ！」
40年で140人の子どもを預かり、
いつも超弩級の愛情と手助けを惜しまなかった
アイルランドの肝っ玉母さんの半生

240頁　本体2500円

未知谷